懂鸟兽语言的人

曹保明◎著

中国文史出版社

CHINA CULTURAL AND HISTORICAL PRESS

图书在版编目（CIP）数据

懂鸟兽语言的人 / 曹保明著 . -- 北京：中国文史
出版社，2020.10
ISBN 978 - 7 - 5205 - 2315 - 8

Ⅰ. ①懂… Ⅱ. ①曹… Ⅲ. ①纪实文学 - 作品集 - 中
国 - 当代 Ⅳ. ①I25

中国版本图书馆 CIP 数据核字（2020）第 183857 号

责任编辑：金硕

出版发行：**中国文史出版社**

社　　址：北京市海淀区西八里庄路 69 号院　　邮编：100142
电　　话：010 - 81136606　81136602　81136603　81136605（发行部）
传　　真：010 - 81136655
印　　装：北京温林源印刷有限公司
经　　销：全国新华书店
开　　本：660 × 950　1/16
印　　张：16
字　　数：200 千字
版　　次：2021 年 1 月北京第 1 版
印　　次：2021 年 1 月第 1 次印刷
定　　价：52.00 元

心怀东北大地的文化人

——曹保明全集序

二十余年来，在投入民间文化抢救的仁人志士中，有一位与我的关系特殊，他便是曹保明先生。这里所谓的特殊，源自他身上具有我们共同的文学写作的气质。最早，我就是从保明大量的相关东北民间充满传奇色彩的写作中，认识了他。我惊讶于他对东北那片辽阔的土地的熟稔。他笔下，无论是渔猎部落、木帮、马贼或妓院史，还是土匪、淘金汉、猎手、马帮、盐帮、粉匠、皮匠、挖参人等等，全都神采十足地跃然笔下；各种行规、行话、黑话、隐语，也鲜活地出没在他的字里行间。东北大地独特的乡土风习，他无所不知，而且凿凿可信。由此可知他学识功底的深厚。然而，他与其他文化学者明显之所不同，不急于著书立说，而是致力于对地域文化原生态的保存。保存原生态就是保存住历史的真实。他正是从这一宗旨出发确定了自己十分独特的治学方式和写作方式。

首先，他更像一位人类学家，把田野工作放在第一位。多年里，我与他用手机通话时，他不是在长白山里、松花江畔，就是在某一个荒山野岭冰封雪裹的小山村里。这常常使我感动。可是民间文化就在民间。文化需要你到文化里边去感受和体验，而不是游客一般看一眼就走，然后跑回书斋里隔空议论，指手画脚。所以，他的田野工作，从来不是把民间百姓当作索取资料的对象，而是视作朋友亲人。他喜欢与老乡一同喝着大酒、促膝闲话，用心学习，刨根问底，这是他的工作方式乃至于生活方式。正为此，装在他心里的民间文化，全是饱满而真切的血肉，还有要紧的细节、精髓与神韵。在我写这篇文章时，忽然想起一件事要向他求证，一打电话，他人正在遥远的延边。他前不久摔伤了腰，卧床许久，才刚恢复，此时天已寒凉，依旧跑出去了。如今，保明已过七十岁。他的一生在田野的时间更多，还是在城中的时间更多？有谁还比保明如此看重田野、热衷田野、融入田野？心不在田野，谈何民间文化？

更重要的是他的写作方式。

他采用近于人类学访谈的方式，他以尊重生活和忠于生活的写作原则，确保笔下每一个独特的风俗细节或每一句方言俚语的准确性。这种准确性保证了他写作文本的历史价值与文化价值。至于他书中那些神乎其神的人物与故事，并非他的杜撰；全是口述实录的民间传奇。

由于他天性具有文学气质，倾心于历史情景的再现和事物的形象描述，可是他的描述绝不是他想当然的创作，而全部来自口述者亲口的叙述。这种写法便与一般人类学访谈截然不同。他的写作富于一种感性的魅力。为此，他的作品拥有大量的读者。

作家与纯粹的学者不同，作家更感性，更关注民间的情感；人的情感与生活的情感。这种情感对于拥有作家气质的曹保明来说，像一种磁场，具有强劲的文化吸引力与写作的驱动力。因使他数十年如一日，始终奔走于田野和山川大地之间，始终笔耕不辍，从不停歇地要把这些热乎乎感动着他的民间的生灵万物记录于纸，永存于世。

二十年前，当我们举行历史上空前的地毯式的民间文化遗产抢救时，我有幸结识到他。应该说，他所从事的工作，他所热衷的田野调查，他极具个人特点的写作方式，本来就具有抢救的意义，现在又适逢其时。当时，曹保明任职中国民协的副主席，东北地区的抢救工程的重任就落在他的肩上。由于有这样一位有情有义、真干实干、敢挑重担的学者，使我们对东北地区的工作感到了心里踏实和分外放心。东北众多民间文化遗产也因保明及诸位仁人志士的共同努力，得到了抢救和保护。此乃幸事！

如今，他个人一生的作品也以全集的形式出版，居然洋洋百册。花开之日好，竟是百花鲜。由此使我们见识到这位卓然不群的学者一生的努力和努力的一生。在这浩繁的著作中，还叫我看到一个真正的文化人一生深深而清晰的足迹，坚守的理想，以及高尚的情怀。一个当之无愧的东北文化的守护者与传承者，一个心怀东北大地的文化人！

当保明全集出版之日，谨以此文，表示祝贺，表达敬意，且为序焉。

冯骥才

2020.10.20

天津

目录 Contents

第一篇　懂鸟语的人 　　　　　　　　001

第一章　远古的呼唤 　　　　　　　　003

第二章　一个懂鸟语的人 　　　　　　013

第三章　破译鸟语 　　　　　　　　　034

第四章　又一个世界 　　　　　　　　046

第五章　大自然的回报 　　　　　　　053

第六章　关于鸟歌 　　　　　　　　　073

第七章　为了鸟歌的传承 　　　　　　079

第二篇　懂兽语的人 　　　　　　　　085

第一章　史上记载的懂兽语的人 　　　087

第二章　一个懂兽语的人 　　　　　　089

第三章　金学天与动物的对话 　　　　095

第三篇　懂马语的人 　　　　　　　　121

第一章　东家赶集 　　　　　　　　　124

第二章　苦中有甜 　　　　　　　　　134

第三章　放马奇遇 　　　　　　　　　139

第四章　快马杨三　　　　　　　　145

第五章　投奔义和团　　　　　　　152

第六章　惊动四方　　　　　　　　159

第七章　杨坡厄运　　　　　　　　168

第八章　杨三落虎口　　　　　　　176

第九章　节外又生枝　　　　　　　187

第十章　举世难得小白马　　　　　198

第十一章　危机四伏　　　　　　　214

第十二章　明争暗算　　　　　　　222

第十三章　白马悲歌　　　　　　　234

第一篇　懂鸟语的人

第一章
远古的呼唤

一、儿时的记忆

夏日的午后，天真的孩子躺在母亲的怀里，听着屋檐下燕子在叽叽喳喳地叫，一个劲儿地问母亲，燕子在说什么呢？母亲说，燕子在唠嗑，和我们一样在说话呢。

孩子又追问，燕子说的是什么呢？

母亲说，它们什么都说，就像我们人一样。孩子不满足，非让母亲讲出一段故事来。也许是母亲被"逼"的，也许是有孩子的姥姥或奶奶正在身边，于是母亲给孩子讲了这么一个故事：

世上有个懂鸟语的人，叫公冶长。

有一天，公冶长正在屋子里读书，只听窗外树上的小鸟叽叽喳喳地叫个不停，他仔细一听，原来小鸟在"说话"。

说的是：

公冶长，公冶长，

南山死只大绵羊，

你吃肉来我吃肠。

于是，公冶长就放下书本去了南山。

到那儿一看，真的有只死了的大绵羊，于是公冶长就把羊背回家来了。可是公冶长想逗逗鸟儿，把羊肉吃了后，没把羊肠给鸟儿，而是扔在土里埋上了。鸟儿们很生气，于是决心报复他。有一天，公冶长正在房中读书，又听鸟儿们叫道："公冶长，公冶长，南山死只大绵羊，你吃肉来我吃肠！"公冶长一听，放下书本，又高兴地奔往南山。

离老远，他就看见山上有一帮人围着什么，于是他就大声喊："别动，那是我打死的！"

别人都闪开了。他挤上前去一看，哪里有什么大绵羊，而是一个人不知让谁给打死了。公冶长吓坏了，刚想走，却被守在一旁的两个衙役给套上锁链子带到大堂，公冶长连连喊冤，并说出自己是"逗"小鸟玩而惹出了一场祸。

县官老爷说："你真的懂鸟语？"

公冶长说："是。"

县官说："你如果骗本官该当何罪？"

公冶长说："罪该万死。"

"好吧。"于是县官就想了一个主意，说，"公冶长，我就试验你一下子。如果你真懂鸟语，我就放了你；如果你听不懂，答不上，可别怪我不客气。"于是，县官命人先把公冶长带回大牢，然后让人把房檐下的小燕子抓了一只放进一个大木箱子里，于是又把公冶长带了出来。问：

"公冶长，你说你懂鸟语，你说说，这只燕子叽叽喳喳地说什么？"

公冶长听了一会儿，说："老爷，燕子说：

'常本山，常本山，

世上哪有你这官？

我一不该你粮，二不该你钱，

如何将我锁在柜里边？'"

县官常本山一听，公冶长真的懂鸟语，于是就把他给放了。

这本是一个民间故事，东北的孩子在悠车子里牙牙学语时，就听妈妈和奶奶讲这样的故事了。

可是，故事就是故事，难道公冶长真的懂鸟语吗？世上真有"公冶长"这个人吗？

每一个幼小的心灵从小就用天真的眼神去打量世界，去询问大人，去观察自然，于是，孩子们被那远古的神奇的故事吸引去面对神奇生动的世界，走进了那充满诱惑力的现实和未来……

二、史料中记载的公冶长

据史料记载，古时真有一个公冶长，他是孔子的得意门生，《论语》中竟然还有《公冶长》一章；《史记·仲尼弟子列传》中还记载有他的事情。

在有关孔子的许多记载中，都说他是"书圣"，他每天除了读书就是带领一帮弟子周游列国。后来孔子将自己的女儿嫁给了他的得意门生公冶长。这一年，公冶长从他的老岳父那里学到了治国安邦的本领，带着他的爱妻回到了他的齐国家乡。老母亲见了儿子和媳妇自然高兴，但一想起自公冶长十多岁时就死了父亲，不由得伤心落泪。公冶长说："母亲不要伤心。我准备住几天后就到齐王那里谋求一官半职，日后接您到都城去住！"

几天之后，公冶长告别母亲和妻子，只身一人进城谋职。谁知走到半路，遇上一个蒙面人差点将他打倒。他自报家门说自己是孔子的门生公冶长，那蒙面人吃惊地自语："你是公冶长？不是他。"于是走了。这时公冶长想，一定有一个人和自己长得差不多。果然他进城之后许多人见到他都逃走了，而且一个卫士说："太子殿下，您怎么会在这里？"这一问，把公冶长问得更糊涂了。他于是决定去拜见齐王，问问这到底是怎么回事。可是齐王只说公冶长长得像他的儿子，就把他打发走了。公冶长这才知道如今世态炎凉，不如回家守着母亲和妻儿过田园生活吧，于是回身又奔往家乡。他正往回走，只见一只喜鹊从高山上滑翔而下，围着他有气无力地盘旋，发出喳喳的叫声。

公冶长抬头说："喜鹊，难道你饿了吗？等一等，我给你干粮吃。"于是他放下包袱，抓了一把花生米撒在地上。只听那喜鹊呀呀两声，立刻飞下来，摆摆尾巴，头一伸一缩地啄起花生米来。

公冶长说："慢点，别卡了喉咙。"

喜鹊好像明白了似的点头，而且吃的速度真的慢了下来。不一会儿喜鹊就吃完了，可是却不飞走，而是喳喳叫了两声，直瞅公冶长。公冶长自言自语说："你这是没吃饱，我再给你一把！"于是又往地上撒了一把花生米。可是，这只喜鹊却不吃，而是回过头朝着山坡处"呀——呀——"地叫了两声，这时，就见又一只喜鹊飞来了，一落下就立刻啄起花生米来。

公冶长望着这一对喜鹊说："鸟类也有语言哪！真是不可思议。"于是背起包袱回家了。这天，公冶长正在家的院子里看书，突然，那天他喂过的两只喜鹊飞来落在他家的枇杷树上拼命啄枇杷子，公冶长说："慢点！别卡住。"他刚说完，果然一只喜鹊从树上掉下来，公冶长急忙捧起来，抠出它嘴里卡住的枇杷子，爱惜地说："让你慢点你不听！"他发现这两只喜鹊不但不飞走，反而并排在一起，头和嘴互相摩擦着，叽叽地叫着，好像在商量什么事。

过了一会儿，两只喜鹊一齐来到公冶长面前，它们伸伸脖子，转动着机灵好看的眼珠，像要对他说什么。公冶长说："难道你们想教我鸟语不成？"于是，两只喜鹊真的双双飞落到他的膝盖上，朝他点了点头。从此，鸟和公冶长朝夕相处，直到他学会了鸟语才和喜鹊依依不舍地分开了。

接下来的故事和民间传说中讲得差不多，是说一天两只喜鹊来告诉他南山死只大绵羊，让他弄回来，他吃羊肉鸟吃羊肠，可是公冶长把羊肠挂在自家院子的树上，让他家的大黄猫给吃了。于是喜鹊误解了他，又假报山上有绵羊，其实是一对通奸的男女，男的杀了女的跑了，于是让公冶长摊了官司。当喜鹊知道原来是大黄猫吃了羊肠时，就把真正的凶手名字告诉了公冶长，于是公冶长告知县衙，将凶手抓来，这使得喜鹊与公冶长又成了好朋友。可是不久，齐王太子被害，齐王听说公冶长懂鸟语，就把他抓来，限他十天破案。这可难坏了公冶长，没办法，他又去找喜鹊。

于是喜鹊就召集众鸟开大会分析案情，查找凶手。那是傍晚时分，各种鸟都落在树上叽叽喳喳、呜呜哇哇、啁啁唧唧叫个不停。

啄木鸟说："弟兄们，谁知道刺客是谁，就说出来吧。公冶长先生是咱们鸟类的好朋友，现在他遇上大祸了，我们不能不帮他呀！"说完当当地敲着树干，让大家静下来。

这时绿鹭说："我们不知道凶手是谁，知道早就说了！"

啄木鸟说："大家再想想，不然把公冶长关在大牢里可就苦了他了！"

绿鹭想着，说："当时太子领人在林中狩猎，我们怕他射我们，所以走得很匆忙，没有注意到刺客。"

它的一句话提醒了大家，太子森是在行猎时遇害的，那么凶手一定是身边的人，因为他身边有很多护驾的人啊。喜鹊觉得有了线索，就让大伙好好想一想。绿鹭的一句话提醒了猫头鹰。

猫头鹰说："喜鹊呀，我想起一件事来。"

喜鹊说："你快说说。"

猫头鹰说："那天我捉老鼠回来天已黑透了。大家知道，我是晚间出来走动的，刺杀太子我没亲眼见到，但是在前一天晚上，我看见两个人在这里密谋！"

"谁？"

"其中一个叫齐子贵，现正藏在韩国栋将军的军营里……"

猫头鹰的话，使伤心的喜鹊振作起来，它俩立刻飞去面见公冶长，并说明了"凶手"的情况。公冶长听完，立刻就明白了。原来在当年，齐国国王的太子恶逆不道，伤害了许多人，国人非常恨他，于是忠臣齐子贵就和几个保卫太子的侍卫一起刺杀了太子。这本是为民除害的事，于是公冶长决定救齐子贵并以此事提醒齐王。他去见了韩国栋将军，说明来意，并和齐子贵一起商量对策。终于说服了齐王，不但赦免了齐子贵，还决定他死后让太子新继位。

齐王对公冶长懂鸟语的才能很是钦佩，并留下他在朝中为官，可是，公冶长婉言谢绝了。齐王说："当初你不是找我给你谋个职位吗？"

公冶长说："现在有了职位我也不干了。"

齐王说："为什么？"

公冶长说："因为我有可爱的鸟儿在我身边，我的心中还有另外一个丰富的世界……"

说完他就走了，回到乡下，守着妻子过着安静的田园生活。

晚年的公冶长，守着鸟儿过日子。

每天，鸟儿们都到他家的院子里来，栖息在树上或在他家的屋檐、仓房处筑窝，不但每天陪他玩，还一代一代地和他相处。人们对他和鸟的关系已经司空见惯，他每天和鸟儿呀呀地"说话"，别人就像看西洋景一样地看着听着，于是就把这个懂鸟语的公冶长的故事一代代地往下传。

三、奇特的千鸟巢

无论是民间传说还是历史记载，人们都在问，公冶长在哪里？特别是今人，大家都想见识一下"公冶长"。是的，这个公冶长还"活"在世上。他就在东北。

我之所以这样说，是因为从前那古老的故事没有完。

就在公冶长帮助齐王破了杀子之案后，他本来是该和爱妻孔氏恩恩爱爱地生活在一起，可是有一天，他到老师孔子家去做客，突然有一群沙燕飞来，落在老师家窗前的树上，并且叽叽喳喳地叫个不停。

一只沙燕说："咱们是生不逢时呀！如今齐国和鲁国已经开战，秦国和赵国也动起了兵刃。到处狼烟四起，咱们该怎么办呢？"

另一只沙燕说："听说公冶长是个大学士，走南闯北，见多识广，咱们让他给指条明路吧。"

于是，鸟儿们就七嘴八舌地说上了：

> 公冶长啊，公冶长，
>
> 天文地理腹中藏；
>
> 可怜我辈谋生苦，
>
> 不知今后奔何方？

小沙燕们的询问声，公冶长听了个一清二楚，于是他在心底想着什么地方天高地阔，便于小沙燕们生存呢？他想啊想啊，觉得最适合鸟儿们生长的地方应该是东北。东北地大物博，江河湖泊一处连一处，青山峻岭一坡接一坡，而且这儿人烟稀少，正是小小的生命能得以安详生存的地方。

于是他便说道：

> 燕雀虽小五脏全，
>
> 天地精灵命绵长。
>
> 欲得安逸生存地，
>
> 何不往北去故乡？

鸟儿们听了公冶长的话，激动得流着眼泪，一个个地向公冶长鞠躬告别，便成群结队地飞向了北方的鹤乡。

这是哪里呢？原来这就是今天吉林省的白城通榆向海自然保护区，在向海自然保护区向海方向以东不远，有一处叫"千鸟巢"的地方，当地人称"鸟岛"。

鸟岛四面环水，碧波荡漾，绿草丛生，鲜花娇艳，蜂飞蝶舞，昆虫密布，是鸟类生活的不可多得的乐园。沙燕在这里生息繁衍越来越多。明朝洪武年间，太祖朱元璋巡视向海，见湖东这个小岛上的沙燕成群结队，铺天盖地，于是给此岛起名"千鸟岛"。

然而这里最为壮观的是鸟巢。为躲避毒蛇猛兽的侵扰，沙燕用嘴在离湖数米高的峭壁上用嘴啄洞，在洞中营造它们的巢穴，这里便出现了世上少有的峭壁千鸟巢。

整个峭壁上，密密麻麻地排列着一个又一个的鸟洞，有的洞穴竟有一米多深。

一只小小的沙燕，不过巴掌大，为什么会打出这么深的洞穴呢？向海的鸟类专家告诉我们，沙燕是几代经营一处洞穴，像这样深而长的洞穴，是不知多少代沙燕前赴后继、共同努力造就出来的结晶……

远远望去，那一个个鸟巢仿佛在向人们诉说着鸟儿生存的艰辛与不易。

在向海，除了像鸟岛上有这样集中的鸟巢外，在其他地方也经常可以看到鸟巢。有时突然觉得天暗下来，抬头一看，原来是树上一个巨大的鸟巢遮住了阳光。这种鸟巢往往是大雁、长脖老等或一种叫"大普"的巨鸟儿住的窝。搭一个这样大的鸟巢所用的树枝可以装一毛驴车，可见这种鸟巢所用树枝之多。

至于小巧精致的蜂鸟鸟窝，有的就像手指甲盖那么大，贴在树皮上，挂在芦苇、草梢上。

还有的鸟巢建在水里，有的在水中，有的在芦苇根上，有的在刮倒的柳条子上，有的浮在飘动的水草叶子上，真是千奇百怪。

向海是世界级的鸟巢标本保护区，目前在这里已经成立了专门的机构研究各种鸟的巢穴。通过对鸟巢的外观、构成方式、构筑结构、使用材料、色彩、高度、形状等一系列的问题的探索和研究，可以促进人类对鸟类的保护、对大自然的开发和利用。而我们今天要讲述的却是那个消失的"公冶长"的故事，他原来就在东北呢，而且他第一次向世人展示他懂鸟语就是在这儿。

一、不能忘怀的再现

那是一个北方的夏天,辽阔的科尔沁草原平铺在蓝蓝的白云下,绿草慢慢地伸向远方,这儿就是人们向往的向海……

向海不但是丹顶鹤等鸟类自由自在的栖息之所,也是其他动物的生活乐园。

走进向海,游人还能看见在那儿长着稀稀拉拉榆树丛的草地上,一只只肥大的鼹鼠正在堆土堆。土堆每隔半米一个,大小、形状、颜色都一样。人们只要一跺脚,鼹鼠便从一个一个小土堆儿(它们的洞口)里探出头来,瞪着一对亮晶晶的小眼睛和人们对视。如果觉得人对它们没有威胁时,便伸出两只小爪,不停地梳理下巴上的一绺长毛,那样子真可爱。如果人做出要逮它们的样子,它们立刻缩进土堆,可是转眼间又在另一土堆探出头来。

如今,这里已开辟了"鼹鼠洞穴自然保护区"。人们把一处处典型的鼹鼠洞穴保护起来,留给游览的人们去观赏。

鼹鼠堆起的土堆都是白晶晶的，远远望去就像是珍珠堆放在那里，这是因为这里是一望无际的白沙滩。向海的湖边都是晶莹的白沙，白沙映衬的绿草显得格外翠美。可是今天这里来了许多游客，要在这里举办退休老工人夏令营，据说还有一个奇特的节目表演。这些来自全国的老年朋友，一个个都是在自己的工作岗位上工作一辈子的劳动模范，他们听说东北的向海是个美丽无比地方，这不但有草原、江河、湿地、白沙滩、鼹鼠，而且还有国家一级保护鸟类丹顶鹤。

　　鹤，特别是丹顶鹤，它们属于大型禽类，主要栖息在湿地和沼泽处，非常喜欢在四周环水的沙滩上过夜，爱隐藏于芦苇和蒿草之间。它们多是成双成对地活动，觅食在浅水一带的沼泽和草地上，特别是一早一晚爱出来活动，吃饱后就找一个僻静的地方歇息。

　　鹤的鸣叫声高亢明亮，常常是"抠喽——抠喽——"很是动听、很是美妙。

　　丹顶鹤是世界上珍奇的鸟类，它由于额上有一块血红的皮肤而得名，它洁白高贵，飞翔和奔走的姿态都十分优美，在城市里是难得见到的，许多老人这次来向海，就是想一睹丹顶鹤的不凡姿容。组织这次活动的组委会向大家透露一个秘密，说这次有一个节目是大家做梦也想不到的，但没有告诉大家节目的内容，弄得大伙一直在心里猜想，这能是什么节目呢？

　　这天的中午吃过午饭，大家来到向海的湿地，观看各种鸟儿，还有湿地上的美丽风光，这时，几只丹顶鹤出现了。

　　保护区的鹤也许经常能见到人，所以今天见到这么多客人，它们一点也不惧怕，而是悠闲地在草上走来走去，时而低下头，啄啄草上的昆虫和草籽；时而昂起头，愣愣地瞅瞅远方，显得和一般的鸟没有什么两样。人们觉得这就是丹顶鹤，和别的鸟也没有什么区别。有一个老大爷说："它，就是呆了点！"

一个老大娘说："丹顶鹤要是能跳跳舞，那可是最理想的。"

老大爷接过去说："它又听不懂咱们的话。要是古代会鸟语的公冶长在世，表达一下咱们的意思，就说咱们从全国四面八方来这儿，就想看它跳舞，那该多好哇……"

说得大伙哈哈笑了。

可是这时，组织这次活动的组委会主任老王说："大家可能等急了吧。下面，这次为大家安排的特别节目马上开始，让丹顶鹤给大家跳舞！"

大家简直不敢相信自己的耳朵，再一看，老王却向站在人群后面的一个四十来岁的中年人一挥手说："请到这边来。"

大家主动给这人让出一条路。

这是一个相貌平平的人，年岁在四十左右，穿着一件红色的短袖线衫。他冲大家略微一点头，然后走向丹顶鹤，嘴里不停地发出"咯咯，啊吁啊吁"的叫声。他又把脸贴近丹顶鹤，仿佛和它们低语一阵什么，然后从兜里摸出一支短笛，轻拂一下，放在嘴边吹起来……

一组人们从来没有听过的乐调响了，随着这音乐，只见大鸟丹顶鹤竟然翩翩舞动起来。它张开翅膀，在地上翩翩地跳着，嘴里还配合着笛乐不时发出有节奏的鸣叫，并且跟着那个中年人在湿地里走着……

人们听惊了，看呆了。

这是神话还是现实？

突然，人群里爆发出一阵热烈的掌声，不知谁领头叫道："这不是公冶长在世吗？""真的，他就是懂鸟语的公冶长啊。"大家纷纷议论着。

二、从找到羊开始

其实他不叫公冶长，叫阎福兴。当四千多年前的齐国公冶长活在世上时，他会不会想到有一个和他有同样本领的人在今天出现呢？也许人们经过几千年的岁月把公冶长的故事一点点地遗忘了，可是阎福兴的出现，将尘埃掩盖的人类认识自然的历程又鲜明地复苏了。

这，确确实实是有一个活着的懂鸟语的人。一个人，他是怎么懂起了鸟的"语言"呢？我和大家一样，心底极想知道这一切，并且也充满了联想，他是公冶长的多少代多少世的传人？为什么从民间文化和历史文化的传承中讲到沙燕从中原飞往北方并筑起了鸟巢的地方，人们第一次看到并听到了鸟儿在和他的"交流"后翩翩起舞呢？这是一个巧合吗？

说起他懂鸟语的缘由，就像发生在我们每一个人身边的一件事，开始是那样的平凡。有一年，大概是他十三岁那年的秋天，他上山给村里人放羊。这个活，他从十一岁就开始干。每天把村里各家的羊集中起来，由他赶到山上去，放牧一天，晚上再赶回来。大人们在队里种地干活，孩子们放猪、放羊这是天经地义的事。可是让一个十岁出头的孩子放几十只羊，其实也是挺不易的活。果然这天，阎福兴他把羊赶回村挨家送羊，轮到丁大婶家时一数，发现老绵羊大黑丢了。

丁大婶急得嘴上立时起了火泡。

那时，农民家里是很苦的，一只羊是家里不小的家当。可是丢羊的又是一个才十几岁的孩子，打他骂他都没有用。

当时，天已黑透了。丁大婶全家人饭也顾不上吃就上山去找。

小阎福兴也害怕了，他这是惹了祸。他家也不敢回，就一个人站在村口的树下等着丁大婶一家人找羊的结果。快半夜了，丁家人从山里回来了，根本没找到。这时小阎福兴突然想到，有一个放羊的老头曾经和他说过，夜里羊孤零零的在山上最怕狼，它往往会找一个草坑躲着，不肯轻易出来。如果这样，危险性反而更大。辽宁兴城的三道沟一带是典型的山区，狼又多又狠。有些狼竟敢在白天走进人家的院子，坐在那儿看着鸡窝里的鸡，馋得直流口水。不救出这羊，它很可能在夜里被狼们饱食掉了。这时他突然萌发出一个主意，如果学绵羊大黑的"孩子"小绵羊的叫声，它会不会出来呢？他决定试试这一招。

想到这儿，阎福兴撒腿就往山上跑。到了山口处的林子边上，他蹲在草树棵子里学着小羊奶声奶气地叫开了："咩——咩——"不一会儿，他成功了！只听林子的草棵里扑扑腾腾地蹿出一个东西来，正是大黑拼命般地从黑暗里冲出来，扑进阎福兴的怀里。阎福兴摸着大黑湿漉漉的头，也流下了激动的泪……

他一下子明白了，动物原来也有情感；当它想到自己的孩子会出现危难时，它会拼死地冲过来。在这一点上，动物和人也是有共同之处的，是否还有许多人们不知道的奥秘呢？

从那时起，阎福兴开始细心观察和体会动物的心理。冬天放羊，如果来了风雪，一定要顺风赶羊，因为羊怕雪打眼睛；夏天来了大雨，一定要把羊往山岗上赶，而有些不懂动物心理的人往往把羊赶往树棵或山沟里躲雨，其实雨水会使羊身上的毛增加重量，于是再也赶不动它们，而山洪一下来，就会把羊冲走或淹死。这都是他细心体会和总结出来的经验。

他常年在山上放羊，知道了羊有"头羊"，牛有"头牛"，鸟有"鸟王"。这种动物群体中的"头"或"王"是说了算的"人物"。每天一上山，必须先发现这个问题，然后就好管理了。

这以后走失了大羊，他就学小羊叫；走掉了小羊，他就学大羊叫；一来二去，南北二屯谁家丢了牲口，都找阎福兴，说他懂鸟兽语言。

在山上放牧牛羊，其实和他接触最多的是树上的鸟。

有一年秋天，天快下霜了。

那是一个晴朗的早晨，天高云淡，万里无云，阎福兴赶着羊早早就上了山。他把羊放在草地上，自己往草地上一坐，就感到今天特别奇怪，在他头上的树上，有上百只鸟儿在那儿吱喳喳吱喳喳地叫着。他仔细一听，明白了。原来鸟儿们在"开会"，研究迁徙的事。他突然想起，去年的这一天，也是这样的天气，鸟儿们聚在一起，叽叽喳喳地叫了一上午，第二天就飞得一只也没有了。他感到，这是学鸟语的最重要时机，于是仔细听了起来。

果然，只见那几只"细粉"的鸟，飞到那只"鸟王"跟前，和它对叫并上上下下地不停点头、扬脖、扑拉翅膀。原来"细粉"的鸟是在和鸟王说："我们也和你们一起走，行吗？"而它叫出的声音却是："唧呱——唧——唧呱——唧——""细粉"的鸟学名叫山鹡鸰，是夏候鸟。

这次可能是由于某种原因，夏末走时它们没有跟上，所以现在想和鸟王们一起走。可是，鸟王却叫道："古骨噜——唧——古骨噜——唧——"它是在说："你们走晚了，路上的饭食自己解决！不然大家都跟着不好办……"

于是"细粉"的鸟的家庭连连同意，它们一起飞着叫："唧呱——唧呱——唧呱——唧——"继续叫，像是在说："行吧，就这样定了吧！"

第二天，这些欢叫的鸟儿一只也不见了，和头年一样它们开完会，上路了。而且细心的阎福兴还发现，这种"细粉"的夏候鸟走得晚的季节，山上的胖毛虫特别多，这是因为杨树和榆树在春旱时起的虫子。而一整个夏天如果"细粉"的鸟和它的同类们要是特别勤快，秋天空中由毛虫变的一种灰色的小蛾子就少，山里的空气就变得清爽多了。

三、草地上的对话

由于成天在山上在树林里，阎福兴把一些常见的鸟按自己的观察分别起上了名。他发现鸟的"语言"主要是通过其叫声频率的快慢，音调的长短、急缓等来决定"内容"的，他试验了几次，果然是这样。

那是夏天的一个上午，刚下过一场雨，天渐渐晴朗起来。太阳钻出云层，空气清新多了。

许多昆虫活跃起来，在潮湿的空气中飞来飞去。

阎福兴从三道沟出来遇上了阵雨，他躲在树林里避雨。雨停了，他钻出林子开始上路，突然，一声清脆的鸟声传来。

"叽啾啾——喁——叽啾啾——喁——"

这是"黑拉"，他一下子就分辨出了对方。

而且，凭借他多年对"黑拉"语音的破译，黑拉是丢失了它的伙伴，它是在急着寻找。

黑拉又叫"大苇"或"苇串儿"，学名叫大苇莺，喜欢生活在低山丘陵和平原山脚地带，特别是林边、道边，以及湖泊、沼泽、溪沟、湿地、芦苇和柳丛周围，而林边带有沼泽湿地，黑拉极易栖居。再说，这样的地带常有牲口来吃草和喝水，它们的毛会落在草地上，黑拉最喜欢用牛毛、马毛、猪毛等兽毛来筑窝，除动物的毛外是用草编的四框，筑成看起来很舒适的小窝。

这可能是它们喜欢在这儿住的原因。

黑拉行动敏捷且喜欢成双成对。

它们多在夏季的三个月里繁殖，常常把鸟窝营造在小柳树和灌木的枝杈上或湿地的蒲棒草上，阎福兴老家的三道沟，这样典型适应黑拉生活的地形很多……

这时，为了证明自己的分析与猜测，阎福兴把手指放入口中，立刻发出了"叽啾啾——嗝——叽啾啾——嗝——"的叫声，树上的黑拉立刻停止了欢叫；接着黑拉突然从树上飞落下来，一下子落在他的肩上，并不停地发出叫声。阎福兴极力地模仿这种声音的节奏、韵味、音节、强弱，此时黑拉叫声更加急切，而且从他的肩上飞起，围着他前后、上下飞转，一会儿落在他衣服上，一会儿落在他裤子上……

黑拉边叫边探头转脑地打量，原来，它是在寻找它的同类。这说明鸟类如果听到它同类发出的叫声，它不会以为是懂鸟语言的人发出的声音，它以为你身上某处有它的同类，于是它急于寻找。

这说明鸟兽所具备的思维是一种初级的思维，并不能达到人对事物思考的复合性。就是一个学鸟叫的人学得再好、再像，鸟儿也不会认为对方懂它们的语言；它落在人的身上，它会以为人是一个自然的载体，它是在寻找着自己的同类。

这是他对鸟心理的分析和实践体验，也是人类探索自然的感受啊！

四、他是一只大鸟

和鸟去"对话"他已经着迷了；他一天不和鸟在一起，就觉得自己是在生活之外，是属于被自然界淘汰的一员。

在现实生活中学鸟叫，学着学着，人们把他的哨声完全当成了鸟叫。有一次，正是早春梨花盛开的季节，他到了野外，一个人爬上了大树去观察鸟，这时，他发出奇特的鸟的叫声：

"叫叫叫！喔！嘿嘿——叽哗——叽咔——抠——抠——笛笛笛——哇哇哇——叽叽——啁啁——"

……

一帮村民路过树下，都迷住了。

是什么鸟？叫得那么好听。大伙就停下来，一齐抬头往树上寻找。

可是，当时梨花开得很稠密，繁枝浓叶掩盖住了他的身体，大伙根本看不见他，于是只好扫兴走了。可是大伙刚一动脚，他在树上又拼命地叫，并且叫得更加好听，仿佛在"喊"他们回来。大伙又不约而同地停下步子。

再一找，又不见。这回大伙急了，有人说，咱们抛石头轰轰，树上的阎福兴一听，急忙喊："别！别打！是我呀！"于是，他从树上跳下来，逗得大伙哈哈笑了。

有许多次，他能把鸟儿"招"来，使人们的生活丰富多彩，使人与自然中的鸟类互相沟通，是那么幸福和有趣。

一次，他和一些伙伴们乘一辆敞篷大汽车外出，路上，大伙感到寂寞，有人提议让阎福兴"招"来几只鸟儿热闹一下。这时，他发现路旁树上有两只"黑老婆"，这种鸟学名叫"煤山雀"，喜欢活动在矿山和林道间，并常常是一对一双地飞。阎福兴一看，一时兴起，立即学起了"黑老婆"的叫声；那两只鸟儿一听，立刻追着汽车飞开了，逗得车上的人们哈哈大笑……

人们在感受着大自然给予的欣慰的同时，也从心底深处增加了关爱自然的念头，其实这是一种潜移默化的保护自然的实践课。可是就在这时，天上的一只老鹰听见了"黑老婆"的叫声，便展开翅膀在空中盘旋起来，并使两翼纹丝不动，准备俯冲下来捕"黑老婆"，大伙见了，吓得对阎福兴说："快！别叫了！瞅瞅！把老鹰引来了！好像轰炸机要俯冲咱们！"

由于阎福兴爱鸟并懂鸟语，每年他家的院子里成了候鸟们迁徙落脚的地方，那是一些"认识"了他的鸟儿每年定期归来。其中一只头和后颈呈灰色，肩、背、腰呈草绿色的小鸟，每年春天必来他家落脚，而且一见到他，便双膀伸开，不停地颤抖、欢快地叫着……

说起来，简直是一种生活传奇。

有一年，他上亲戚家串门。那个"亲戚"是他的老屯邻，正好承包了一个池塘养鱼，一看老朋友来了，就准备给他弄点好吃的。于是说："兄弟，你给俺看着点池塘，我去给你割二斤猪肉，咱们乐和乐和！"

"池塘还用看吗?"

朋友说："有来偷鱼的。"于是，朋友就走了。

走了一天的山道，他也有点累了；他到池塘边上转了一圈儿，见没有人影，于是进到窝棚里的土炕上，呼呼地睡上了。

不知什么时候，他突然被一阵鸟儿的叫声惊醒了，那鸟儿叫"钓鱼雀"，不断地叫着："别吵吵了——别吵吵了——"

不好，有人偷着钓鱼！

阎福兴一下子从炕上爬起来，他不走门，从窝棚的后窗户爬出去，偷偷绕到传来鸟儿叫声的池塘西北，到那儿就把一个偷着钓鱼的人给抓住了，鱼也没收了。

那人很奇怪："你是怎么知道的呢？我是见'张老三'（阎福兴的朋友）匆匆忙忙进城，我才来偷着弄两条，你怎么发现的呢?"

阎福兴说："小鸟告诉我的。"

那人又一愣："小鸟?"

阎福兴说："对。"

那人问："在哪儿?"

阎福兴说："你听，它说别吵吵了！有人钓鱼！快来抓呀！"

那人笑了，非问阎福兴是怎么回事。

于是阎福兴对"偷鱼"的人说，这是个故事：

从前有一家娘儿俩，儿子是个打鱼的，对娘可孝顺了。可是江里天气好能打着鱼，天气一变，儿子打不着鱼，娘就跟着挨饿，于是儿子一天比一天起得早去打鱼。可是，鱼其实是怕动静的，每天早上，他一到江边，许多鸟儿就在那儿叫个不停，把他气得大喊："别吵吵了！别吵吵了！"可是，小鸟哪知道小伙子的意思呢，还是叫个不停。就这样，小鸟天天叫，小伙子也天天喊："别吵吵了！"一天一天的，鱼越打越少，没钱给老娘买粮，老娘得了病，又没钱买药，没几天，老娘就死了。他本是个孝子，眼瞅着老娘活活地死去，真是心如刀绞，哭得死去活来。没办法，他只好去财主家借钱，买了一副棺材把老娘安葬了。

娘死了以后他为了还债，天天还是起早贪黑地去江边打鱼、钓鱼。有一天，他老早就扛着鱼竿去了江边，可是坐在那里钓哇，从早上一直到晌午也没钓到几条小鱼。他心里寻思，怎么钓不着大鱼呢？这鱼都跑哪儿去了呢？他正想着，忽然狂风大作，又是雷又是闪电的，接着下起了瓢泼大雨。

他什么也不顾了，还是坐在江边，一动不动地钓鱼。谁想到这时江水大涨，接着一个大浪扑来，把他一下子卷到江里去了，从此，人们再也看不到他了。

可是说也奇怪，不几天之后，人们发现从江边飞出一只小鸟来，一边飞一边叫："别吵吵了——别吵吵了——"其他小鸟听它这么一叫，马上就不叫了。大伙都说这只小鸟就是那个小伙子变的，于是就管它叫"钓鱼雀"。直到如今，"钓鱼雀"一看到江边、池塘边、河边上有人钓鱼，它就一个劲儿地叫："别吵吵了！别吵吵了！"

据阎福兴介绍说还有一种钓鱼雀叫"褐河鸟"，它也经常在河边、塘边飞，发现有人在钓鱼、捕鱼，它不走开而且不断地边飞边叫："嘚瑟死你——嘚瑟死你——"这是东北的一句土话，意思是：你别显摆自己，炫耀自己。

这种鸟儿常年活动在山涧河谷和溪流间，能站立在河边或河心的裸石上，腿部稍曲，尾巴上翘，头与尾不时地上下摆动着，觅食时多潜入水中，能在水中和水面上作短距离的浮动。特别是在冬季，也能和夏季一样潜入水中去觅食，真是一种有趣的小鸟。

听完了阎福兴的讲述，偷鱼的小伙子服了。

正在这时，阎福兴的朋友回来了，当然阎福兴没对朋友说这个人是个"偷鱼"的，因为他们都是"屯邻"，互相也都认识。而当"小偷"问起阎福兴时，朋友说："你不知道，他就是阎福兴啊！"

这一下，那人愣了，这不是辽西一带著名的"鸟王"吗？这真是"做贼遇上大扛子"的了。于是那人吓得饭也没敢吃就走了。

渐渐地，人们说阎福兴就是一只大鸟。

五、鸟有复仇心

这一切，都是在自然地进行着，他很自觉地在实践着自己的想法，他没有想到这将是举世闻名的一个创举。

学鸟叫，要学得像。其实学就是对自然中的"鸟类"进行心理系统的分析。

鸟有心理系统吗？阎福兴常常自己这样问自己。为了弄清这个问题，他把自己深深地融入了自然。

用人的声音模仿鸟的声音，再把鸟引来谈何容易，他认为鸟有不同的类别，就如同我们人有汉族和少数民族一样，这就要细心观察和分析。大鸟和小鸟；鸟在早、午、晚时的动作和叫声；鸟在风天、雨天、晴天的不同；春夏秋冬四个季节中鸟的变化；雄鸟和雌鸟在平常和求偶期有什么不同；单个和成群的鸟在心理和常规的情况下有什么不同。这些比较复杂的鸟类的心理活动，如今他都能"破译"了。

总的来看，鸟记人。

鸟也是有思维的。

阎福兴曾经做过这样的试验。他在一片林子里，发现了一种画眉鸟，他用"鸟语"和它们对上几天话，然后突然离开这片林子。十几天之后，他再重新回到这里。

到了这儿，他重新"说"起"鸟语"，这类画眉鸟突然来了。这时，他从对方的叫声中听出，是说："你咋几天没来?"

阎福兴说："到别处去了!"

鸟说："你怎么又来了呢?"

阎福兴说："和你比比歌。"

鸟说："比吧。可比什么呢?"

这时，懂鸟语的人要充分懂鸟心理，不同时期"说"与鸟的心理和它的生存环境相适应的事情，这是比较深层次的对鸟和自然的理解。如果弄不好，人容易毁了鸟或破坏了自然。我曾经和阎福兴探讨，鸟有报复心吗?

他告诉我，因为鸟生存在它的同类中和自然中，它接触人与自然的环境，它会产生一种常规的报复心。

他说有一次，那是一天雨后，他上了山。山上，那一棵棵树上挂着各种鸟的窝。由于喜欢鸟，他开始喜欢上了鸟窝。

鸟窝是每一种鸟的习性和性格的杰作，而且公鸟和母鸟垒出的窝甚至也有些差别。比如黑拉鸟，它的窝先是把村子中的树枝用上，然后它再飞到人放牧的草地上，叼捡牛毛、马毛、羊毛垫在窝里，而且，还必须有猪毛。因为猪毛相应地发硬，可以在黑拉的窝里补充树枝的缝隙，使风雨不透进窝内。

当时，他看见黑拉正在建自己的巢，就悄悄地溜到了树下。鸟窝是鸟留给自然的美的杰作。

雨后，树的枝叶上还留着晶莹的水珠，他轻轻地一靠树，水珠哗哗地从颤抖的树上抖落下来，黑拉"叽啾啾——唧——叽啾啾——唧——"地叫开了。可是，它不离窝口，因为窝还没建完。

对于鸟，阎福兴想，对没建完的窝它是很重视的，如果窝建成，再有了小鸟，它会一刻不停地守着。对于没建完的窝，需要保护的是它辛勤运来的"建筑材料"。

这时，阎福兴也发出"叽啾啾——唧——叽啾啾——唧——"的叫声，那是另一只它的同类鸟要来这儿的信号。

这时，黑拉更急了，在树上的鸟窝旁飞来飞去，把鸟窝里的草叶和动物毛都碰落了几片；而阎福兴不断地围着树下转。终于，黑拉发现了是他在"捉弄"，于是，竟然冲着他拉了一摊屎，然后飞上了树尖……

阎福兴笑了，因为他探索出了鸟的"报复"心。

关于鸟有报复心的事，许多资料中都有记载，比如中国民间文艺家协会主席冯骥才就写过这样一个故事，说从前有一个喜欢奉承上司的人买了一只鸟，这鸟平时很会说"话"，它常常对"太太"问寒问暖。可有一次，这人突然请来一位上司，并没有事先告诉鸟儿他的意图，于是鸟儿开始时不时说话，然后突然冒出一句"上司该死"，一下子使他丢了前程。这也可能是传说，但会说话的"八哥"和"鹩哥"确实是有的，那是指鸟儿模仿人的声音"说话"。据说一只鹦鹉可以学会人们通常所说的单词1000个左右，可见人类和鸟接触的历史的久远。

六、努力地探索

有一次，阎福兴去赶早操，看见两只大海鸥在教两只小海鸥练捕鱼，大海鸥把一条鱼叼到上空，一扔，当鱼儿快落到水面上时，一只小海鸥"噢——"地叫了一声，接住了。接着又练，另一只小海鸥没接住，只见另一只大海鸥过来急忙接住，而那只大海鸥却抡起翅膀使劲儿地去拍打那只没接住鱼的小海鸥，叫声是："噢啊——噢啊——"好像是在说："你不好好练。今后能活吗？我打的是你这个不争气的……"小海鸥"噢——噢——"的急叫声，一边躲着往远飞，一会儿又飞回来，不过它的叫声仿佛是哭声，声音厚沉，音调长，仿佛在说："别打我，以后好好练！"而母海鸥却不放松，边叫边追，仿佛说："你哥哥咋行呢……"多么有趣的鸟语破译！

白翅浮鸥也叫"钓鱼郎"或"海燕儿"，它们经常一组一组地生活在一起，一只一只之间不停地在"说话"，交流着它们的生存"感受"。

这一情一景，使阎福兴感动得流泪了。他感受到了鸟的思维。他说他破译鸟的"语言"其实是在感受着海鸥的生存世界。他说鸟是有思维的，就像大鸟在教小鸟或小鸟记住大鸟的话，这样的叫声重复多了便是"内容"，于是"鸟语"便被他掌握了。

自然界的无尽奥秘无法"破译"，其实是人类自己没有去很好地观察自然，古代出现"公冶长"是因为人类的祖先早期是靠狩猎和采集野生植物生存，于是他们不得不认识自然，掌握动物的"语言"（破译叫声），这是人类征服自然的艰辛历程。当代"公冶长"阎福兴认为掌握动物的语言是能叫人主动地去认识自然和保护大自然，这样会把自然的美丽留在人类生存的环境中，这是人的智慧超于一般动物的体现。

把一种人对鸟发出的声音做主观的理解，阎福兴认为那不是"探索"，但是这里面也有一种意义，那是一个地域的人情风俗在自然界文化中的"停留",起码表现了某种文化的深度和韧性。

他告诉我一个挺有趣的事。

有一天他问我:"你听说过'赌钱'鸟吗?"

我说:"不知道。"

他说:"你如果想看一看,听一听它的故事,你就跟俺走吧。"

我于是就跟他走了。

我跟他来到一个村头的一片林子里,站在那儿,他让我听鸟叫。那是一些雀鸟,在林子里叽叽喳喳地叫。

他问我:"听到了吗?"

我说:"听到了。"

"听出什么没有?"

我说:"没什么。就是叫!"

他说:"不对。细听,使劲儿听……"

把我说笑了。什么叫"使劲儿听",听时也使不上劲儿呀。他也觉得对我这样一个"不懂鸟语"的人要求可能是太严了。于是提醒我说:"你听,它们在说'赌博'要钱的事。一个说:'钱!钱!'另一个说:'没!没!'另一个说:'我急了!我急了!'又一个说:'急什么?急什么?'"

按照他的指点听去,我这回大吃一惊,可不是咋地,林子里的鸟儿们说的正是阎福兴告诉我的"内容",我越听越有趣,在我听"鸟儿"们"要钱""讲价"的声音时,老阎给我讲了一个有趣的故事。

从前有一家人,两口子过得好好的,就是当家的不务正业总要钱,老婆子劝他,他不听,管他又管不了。说来也怪,人家要钱还能赢三两回的，他耍钱却是回回输。本来家里日子还挺宽裕，可是谁也受不了他这样穷折腾，一来二去家里就穷得叮当响了，后来他家就剩下老婆和一头黄牛了。输就输了呗，可他每次输完，总是找个借口和人家吵上一阵子，于是大伙给他取了个外号叫"输急狗子"。

有一次，"输急狗子"来到赌场，听到赌徒们吆五喝六的喊声，心里又痒痒上了。可是他想耍，兜里又没钱，只好把那头黄牛押上了。结果只看了三把牌，老黄牛一下子输进去了。人家来牵牛，"输急狗子"急了，死活不让牵；人家火了，对他一顿毒打，把牛牵走了，他躺在炕上大病一场。可是病还没好，有一个心眼儿坏的老财又来勾引他说："咱俩一伙和他们干一局呀！"

他架不住诱惑，又上了手了。一来二去，还是一个输，最后人家撒了手，他还要捞，可是却输红了眼，就把唯一的"家产"——老婆给押上了，于是一下子把老婆也输掉了。人家赢家去他家领他老婆，这一下他急了，冲上去就和人家对打起来。可是他架不住人家人多势众，被打个半死，回家又气又恨，没过半夜就死了。说来也怪，就在他死去的第二天早上，他家房后的杨树上飞来了一只小雀，对着屋里叫唤："激了！激了！激！"乡亲们听了都说："这叫声像'输急狗子'的声音。"从此大伙就管这种鸟叫"输急狗子雀"，它的叫声都是"输了""赢了""急了""激了"的。

其实这是一种林间常见的山雀，他们的叫声充满"故事情节"，百姓们可能是讽刺那些不务正业的耍钱人。于是就用它们的叫声，编出故事来教育别人。但我觉得，阎福兴对它们的声音的解释也是一种贡献，一种"人文"的文化内涵，是科技的自然内涵，这实在是难能可贵的一种研究。

后来，阎福兴又领我去见识另一种"输急狗子雀"，他说："你听，它们说什么？"

我说："听不出。"

他说："它们说'乖！乖！今后要学乖，别再要钱了……'"

我细一听，可不是咋的，这回这种鸟的叫声就是"乖——乖——"的。这是另一种"输急狗子"雀，但他都能很好地分出类型，并一个一个地讲出他们"声音"的故事和"来历"，真使人难以置信，又不得不信。

在山里头，阎福兴还领我去看一种鸟，那鸟的"名字"更怪，叫"阴天打酒喝喝雀"。一叫起来，就是"阴天打酒喝喝，阴天打酒喝喝，咕噜咕噜一壶，咕噜咕噜一壶"。末了，再来一串儿响声"喝喝喝喝喝……"然后飞走了。这鸟不但叫声怪，而且还偏爱在路边孤单人家的房前屋后叫。

我问他这有什么来历吗？他告诉我，这是一个"老放山"编的。

早年间，从山东来了两个放山的，一个姓张，一个姓李，他们来时就约定，一块儿来东北，也要一块儿回关里老家。进了山，找个小山坡，压个小窝棚就住下了。

可是不知咋的，两个人一连两年什么东西也没挖着，偏赶上这时姓李的摔伤了腿，每天就姓张的一个人上山，捡点不起眼的山货，换点粮食度日。

天眼看就要冷了。这一天，姓张的一个人上了山来到一个石砬子上一看，有一棵大棒槌，顶着通红的棒头籽。这可把他乐坏了，蹲下就挖，心想，这回冬天俺哥俩不用遭罪了。他挖完了，就赶紧捧着人参往回走，想让老李乐和乐和。他急忙进屋一看，什么人也没有，他又出来叫，也没人应。

当初，这两个人有话在先，不能一个人回去，他就到处找。可是一连找了三天三夜，也没人影。他心想，这人是上哪儿去了呢？活不见人，死不见尸，总得求个水落石出吧。打这天起，他就在窝棚里等，也就喝开闷酒了。喝完，再出去转着找他的兄弟呀。

一年又一年，树叶黄了又绿，绿了又黄；山上的雪落了又化，化了又落，一连几十年的工夫过去了。真是光阴催人老啊，这人已经老得胡子都白了，也没离开山。他每年出一次山，一下山就背了两边带耳子的酒坛了，到镇上装酒。到镇上他先喝足了，然后打满了坛子，就背上往回走。

他每年都是这样，打两坛子酒，边走边喝，要是在半道上就喝光了，再返回镇上打满，等进了窝棚，坛子里还有酒，才不回店。

这一年，他又下山打酒。

那天正是大阴天。他喝足了，打满了往回走。走一气喝一气，走几步喝一口，没等到了窝棚，坛子就空了。空了又回去打，就这么有三四个来回，他已经喝得醉成了泥了，就在最后这回，他一下子就躺在道边上了，可还是"咕噜咕噜一壶，咕噜咕噜一壶"地喝着。有路过的人就劝他！他还硬着舌头说："喝喝喝喝喝……"就这么醉死在道边上了。

从此，这山里就出了这种雀，越是雨下完了，天快晴还没晴、雾气弥漫的时候，这种鸟越爱叫。它叫的时候总不离开道边和孤单人家，因为它觉着它姓李的兄弟不是流落在哪条道上，就是还在哪个窝棚里……

他的故事几乎让人心酸。

东北著名的民间文艺家刘殿祥收集的《阴天打酒喝喝》也是这么讲的。我惊叹人的创造力,我惊叹"鸟"的创造力;于是人的智慧和鸟的创造融合在一起,又有了一种新的传奇,这种文化生成在人对自然深深的理解之中,因此千百年来才能这么生动具体地流传和传承下来,这是一种不多而十分珍贵的文化类别。其实"阴天打酒喝喝"不过是棕腹杜鹃的叫声,棕腹杜鹃的习性和文中记叙的故事的场景和背景极其相似,它们的叫声很容易让人联想起北方放山人孤苦的经历和岁月,于是人们很难区分是大自然造就了"阴天打酒喝喝"还是"鸟"为了"故事"而诞生,总之,这是生活中奇特而神秘的事情,是实实在在发生的故事。

第三章
破译鸟语

一、学会"哨"

要学"鸟语",必须会"哨"。

"哨",指鸟的鸣叫。

这是阎福兴总结出来的一个体会。

关于"哨",在东北很有讲头。"哨",又分"文哨"和"武哨"。所说的"哨",在东北民间往往还指一个人能说"俏皮嗑";能说的人,又叫能"哨"的人,因为"哨"曾经是东北的一种"顺口溜"。如:

> 小伙小伙你别笑,
>
> 说个谜语你不知道;
>
> 什么解下他不走?
>
> 绳子一绑他就跑?

这本来说的是东北民间的"鞋",但说得十分有趣,这就是"哨"。

"哨"又叫口哨，所说的"文哨"，是指两个人说话文明些，不涉及爹娘；所说的"武哨"，是指开各种玩笑都可以，带点"荤的"什么的都行，这就是东北民间的一种生活习俗。

而阎福兴所说的"哨"，是指鸟的叫声。

鸟的鸣叫很像人们吹的口哨。阎福兴把其归结为"鸟歌"，是指鸟的鸣叫，不同的鸟有不同的哨，也有不同的哨歌。逐渐地，他能从不同的鸟的鸣叫（哨）中分辨出不同鸟的类别、种类、辈分的大小、性别来。

有一次，他对鸟语的破译和总结出的鸟语语音规律，终于得到了证实。

记得那是 1995 年 7 月 30 日，首届全国少年儿童"手拉手夏令营"在风景如画、草木青青的河南和湖北省交界处的鸡公山举行，来自全国的几百名少年儿童和嘉宾要目睹和亲耳聆听"鸟叔叔"和"鸟公民"的纪实对话。

这个现实是令人所瞩目的。

孩子们热爱生活和关爱自然的一双双大眼睛，紧紧地盯着站在他们面前的阎福兴。

这就是"鸟叔叔"，孩子们日夜盼望的懂鸟语的"公冶长"来了。

中央教育电视台、河南电视台、武汉电视台、信阳电视台的工作人员都把机器对好了，时刻准备把这场千古未有的"绝活"录制下来。

林子边的青草地上静静的。

阎福兴慢慢举起右手双指，放进嘴里吹开了"指哨"，立刻，一串清晰婉转的鸟叫在空中响起……

不一会儿，一只画眉鸟突突地飞来了。

孩子们轻声议论起来："看！来了一只！"可是大家的声音刚落，只见这只画眉只在草地上蹦了几下，突然又飞走了。

孩子们都很扫兴，说："就来了一只，又飞走了！真是可惜呀！"

阎福兴仿佛看透了孩子们的心。于是他停止"指哨"，走到孩子们的前边说："同学们，先别急！你们知道它为什么飞走吗？"

"不知道！"

"告诉你们，它是鸟王！"

"鸟王？"

"对呀！"

"它先来听听，听我'说'得非常好，这是回去'搬兵'去了……"

说完，他又走回原先的位置上，重新吹开了他的"指哨"。不一会儿，画眉鸟在那只"鸟王"的带领下，呼啦啦飞来一大群，足足有四五十只，它们围着阎福兴前前后后，上上下下地飞着、叫着，而且每一只或几只鸟都是轮流地、先后有序地和阎福兴对着叫，让人们真正地领略到了人与自然的对话。

后来，阎福兴从地上拾起一根树枝，猛地往远方一抛，然后嘴里发出鸟儿飞走的叫声，于是，鸟儿们也轰地一下子飞散了。草地上，同学们鼓起了热烈的掌声。

接下来，这次夏令营的中心主题是人要热爱自然和保护自然，阎福兴亲切地告诉孩子们，人要爱护自然，就要理解自然的奥秘，其中探索和破译鸟的语言是一件艰难的重要工程。比如今天，他就实现了自己的愿望，他先是学鸟叫，引来了那只公鸟"鸟王"，它以为他的身上有一只鸟，于是和他比谁叫得好，结果它认为自己败了，只好去引来众多的鸟，共同和这只"鸟"比，于是形成了今天同学们亲眼所见和各家电视台拍摄的纪实场面。

人类探索自然的历程是艰辛而又漫长的，就比如阎福兴探索出的鸟之所以能从草丛和树林里出来找人，不是鸟找人，而是鸟找鸟，这个结论的获得，又使他付出了常人难以想象的艰辛。

二、车伙子雀

和阎福兴在一起生活像是时时刻刻让人生活在鸟的世界里，这时你会觉得世界原来这么有趣，这都因为他把你引进了"鸟语"世界，那是一个一般人听来完全新奇和陌生的地方。他问我："你知道东北的大车吗？就是人赶马拉的大车？"我说："那还不懂吗？就是人赶着，手持大鞭，这个人就是老板子。他不时地摇晃着手中的鞭子叫道'得儿——驾驾驾驾！得儿——驾驾驾驾！"

"你说得对。"接着他问我说，"你可知道有一种鸟，叫老板子，整天也是在赶车，而且不停地赶，发出'得儿——驾驾驾驾！得儿——驾驾驾驾！'的喊声？"

我说："这不可能！"

有一天我跟阎福兴上了山。他的家乡辽西，也属长白山的一脉，来到那儿是一个上午。三道沟的林子很密，当时天有点发阴，空气显得潮湿。突然听他说："你听！"我们俩停住脚步。

这时，老林里朦朦胧胧起了一层灰色的雾气，在那深深的林子里，突然传出一阵清脆的鸟鸣，我一听，是"得儿——驾驾驾驾！得儿——驾驾驾驾！"，活脱脱地像一个东北的车老板子在赶着大车上坡。

我简直惊呆了，难道自然中真有这种"赶车鸟"？那么它是怎么发出这样的叫声呢？它和车老板子赶车又有什么关系呢？阎福兴见我吃惊，他说："走，我领你见见它去！"我们一边走，他一边给我讲起了"车老板雀"的故事。

在很早很早以前，在长白山根底下，有一个年轻的小伙子，从小死了爹娘，八九岁就去给地主家放牛，长大了当了车把式赶起大车来，帮财主把山货拉出山，又从山外把绫罗绸缎拉回来，一直赶了二十多年。眼见财主的钱越来越多，可他自己啥也没攒下，有心不赶吧，又没有别的活路。有这么一天，外头正下着瓢泼大雨，泥水漫道，没法出车。他坐在屋里想，今天可该俺歇歇腿了。谁知就在这时，地主的儿子少东家来了，让他赶车去拉石头。原来是地主老财得了重病，请了许多大夫，吃了不少人参、鹿茸也没治好，眼看着就要见阎王，少东家急了，硬逼着车老板到山上去拉石头给他爹砌坟墓。车老板一看，不去也不行啊，于是被逼无奈，只好套上大车，顶着大雨去了。

雨越下越大，水从山道上哗哗往下直淌，车老板子拉着一车石头往回走。刚刚爬上一个陡坡，车轱辘就陷到烂泥里了。牲口使多大的劲儿也拉不上来，而且越陷越深。

车老板子在车上摇晃着大鞭使劲儿喊："得儿——驾驾驾驾！得儿——驾驾驾驾！"可是嗓子都喊哑了，牲口累得趴在泥泞的水中就是不起来。这时，天渐渐地黑了下来，车老板子着急呀，他使出全身的力气，大鞭子甩得咔咔山响，三赶两赶，连人带牲口一起滚到山下的大沟里摔死了。

消息第二天传到东家。可东家打发人把牲口抬回去扒了皮，卖了肉，却把车老板子的尸首扔在大山沟里不管了。有些同样是赶车的车老板子实在看不下去，就合伙凑钱买了一副薄皮棺材把他埋在了山道旁。从这以后，那些赶车的老板子，不论是谁赶车到这儿，都要下车来看看，或烧点纸，或捧点土。有一回，一帮车老板子正往坟山填土的时候，冷不丁地就见从坟里飞出一只小雀来，身上的毛是蓝微微、灰突突的，在坟顶上，"得儿驾，得儿驾"地直叫，大伙一看，都说这只小雀是死去的车老板子变的，因他死的时候就是穿着一身旧蓝灰色的衣裳，于是大伙就给它起名叫"老板子雀"。

其实，这种叫声像老板子赶车发出声音的鸟有许多种，它们叫山鹊，俗名叫车轱辘鸟、老板子雀、车伙子雀等，但叫"车伙子雀"更为准确。

车伙子又叫车豁子。豁，是豁然开朗，指赶车的这些人性格爽快活泼，爱说话、爱说笑。而车伙子的伙是指一帮人、一行人、一伙人，在这儿指干一个行业的人，所以叫车伙子雀较为准确。如今有阎福兴在，我们不仅在村子里见到了这种鸟儿，还知道了不少有关它的奥秘。

这是一只额头、头顶和肩膀上有橄榄绿色的车伙子雀，它的腰上色彩略淡，肚子和前胸有一条黑杠。

在山里还有黄雀羚、黄鹡鸰、白鹡鸰之分。

黄鹡鸰是指它的肩、背、腰呈草绿色，尾上覆羽稍淡，而且有宽的黑褐色鱼纹，翼上覆羽是黄色和白色，其余是黄色，两肋暗草绿色。它们常在林中小溪、平原河谷与沼泽边生活，并且沿着河谷飞行，边飞边叫"得儿驾，得儿驾"，声音急促，飞行时翅膀一收一伸。

灰鹡鸰的雄鸟前额、头顶、枕和后颈是灰色或深灰色。肩、背、腰灰色。眉纹和冠纹白色。尾上覆羽鲜黄色，中间尾羽黑褐色，具淡黄绿色羽缘。雌鸟羽色和雄鸟相似，所不同的是上体比雄鸟有更多的绿色，喉白色，不是黑色。

灰鹡鸰最喜欢活动在河流或离河流不远的各类环境之中，通常的时候是正对面飞。但飞时的叫声，只是"驾驾！驾驾！"，没有"得儿"的转音。

白鹡鸰又叫点水雀、车伙子鸟等名。额、头顶、头侧、颈侧白色，枕部至尾绒黑色。翅上小复羽黑色，中复羽和大复羽白色，在翼上形成明显的色翼斑，飞羽黑褐色。它们常在山的丘陵和小溪、林缘河谷、平原、湖泊和沼泽一带飞动，并经常三五成群地飞。

特别是在非繁殖季节，他们一般爱在村头或人行小道上跑动或漫步走动，一遇人到近前，这才斜着飞起，边飞边叫。

它们的叫声是"机灵点！机灵点！"，也是在提醒赶车人要机灵，注意安全，真是不可思议。

鸟语世界其实是丰富有趣的，可是一般人感受不到内中的知识和乐趣。说来也奇怪，在山里哪里有大车出现时，这种鸟儿就越多。

阎福兴说，他坐大车出门，常常会见"车伙子雀"跟在后边。同时，他还发现了山鹡鸰的不少奥秘。在配偶期，这种鸟儿往往"沉默"，这一般是在早春的四五月份；而当六七月份，鸟儿到了繁殖期，它们反而整天地叫个不停，在林间或山坡上"喊"着"得儿！驾驾驾驾！"，这是一件奇怪的事情。

阎福兴说这是符合自然规律的，因发情配偶期还没有到来，它们不用大叫，完全可以自由地在自然中追求配偶；而一旦到了雨季或过了雨季，鸟儿们的"终身"大事已完成，剩下来的就是"生儿育女"了，于是整天地叫着，飞来飞去。

再加上到了雨季，空气潮湿闷热，阎福兴说这是鸟儿喜欢叫的一个重要原因。至于这种鸟儿叫声的奇特，连阎福兴也感到很有趣，同样是这个故事，他父亲阎永奇也讲过，村里的老人们都知道，而更奇怪的是这种鸟恰恰在阴天下雨前后非常活跃，常常几只肥仔一起叫个不停，仿佛是在共同提醒出门在外的车老板子要注意安全。

是真的这样呢，还是大自然形成的偶然？人类至今还不得而知，这也许就是自然的生物链。人存在于自然之中，就和万物共同构成一个"主体"；当人真正地回归了自然时，人才能真正地发现自然和享受自然，这也许就是人探索自己的真实感受。而且阎福兴还发现，车伙子雀又是一种气象鸟，它往往在雨前和雨后叫，如果没有雨，它一叫，天就开始阴，雨就要来了。

有多少次的梦里，阎福兴觉得自己变成了一只鸟，融入了无垠的大自然之中。

三、人参鸟

有时我故意"将"阎福兴的"军"，说可能世上就"车伙子雀"会，这样也许是种巧合吧。他笑而不答，却对我说："咱们一起上山吧。"

我们一齐上山，来到了挖人参的窝棚里。

在长白山区，挖人参称为放山，就是到山上的老林中去寻找人参。人参是一种珍贵的植物，也是贵重的药材，从古时起朝廷就在东北设"采参柜"（一种管理采参的组织机构），把采来的山参送往朝廷，用以制药供帝王将相们延年益寿。但采参是很辛苦的，他们组成伙子，在深山老林里"寻找",有时走着走着就"麻达"（迷路）了，于是饿死在山中，若干年后，别人会在这儿发现一堆堆白骨。这不是恐怖的故事，而是一种现实。

所以，放山人多么希望知道一种"规律"，使他们能知道哪儿有人参，哪儿没有人参哪。终于，放山人在上百年的生活实践中发现了一个规律，原来有一种鸟儿，它一叫，放山人就奔着它的叫声去，保准有人参，于是他们管这种鸟叫"人参鸟"。阎福兴领着我，我们一块儿去和挖人参的人放山，他们就给我讲起了这样的故事，同时也证实了阎福兴的思考。

在山里，达子花一开，棒槌（人参）鸟就开始叫了。日夜不停，一直叫到人参结籽的时候。它只会叫王丁哥！王丁哥！声音单调，短促而又凄凉。

从前有一对要好的朋友，结伴上山挖参，哥哥叫王干，弟弟叫什么名字已经记不清了，他们立誓，不论是谁挖到参，都要二人平分，挖不到绝不下山。哥儿俩在老山里不知转悠了多少个日日夜夜，却连个人参的影子也没看见。可是他俩并不服气，王干说："咱俩分开行动吧，这样可以多蹚一条路子，半个月后还在这里会面，不见不散，谁也不要自己走开。"

于是两个人就分手了，一个奔东，一个往西。

这一天，王干在一个小山坡下见到一片正谢花结籽的人参，他乐坏了，便一棵棵地挖了出来。他掂量着那一棵棵粗壮的人参动了邪念，心想，这要都是我自个儿的该多好，于是偷偷地带着人参下山了，而他的弟弟，也挖到了人参，却老老实实地来到树下等他。一天过去了，王干哥没有回来；两天过去了，王干哥还是没有回来；三天过去了，王干哥还是不见踪影，弟弟饿极了、累极了，就把所有的人参籽都吃进肚子里解饿，谁知由于药劲太大，加上他身子虚弱，便死在了老树下。就这样，他死后变成了一只棒槌鸟（人们在山里管人参也叫棒槌，是因为人参长得像人们使用的一种生活用具——棒槌）。

变成了棒槌鸟以后，从春到秋它一直都在不停地叫着："王干哥！王干哥！"可是那忘恩负义的王干哥早已去过着好日子了。

另一则《王干哥》的故事和它大同小异，是说两人上山挖参，其中一个人叫王干哥。两人进了密林，来到很深的一个峡谷，王干哥用绳子把伙伴放到了深谷下面去寻找，果然伙伴在下面发现了一棵大人参。可是由于人参太大，同时把人和人参一块儿拉上来不可能，于是上面的王干哥对下面的伙伴说："先把人参拉上来，然后再把你拉上来。"

伙伴说："好吧！"

于是，伙伴就把人参绑在绳子上，让王干哥拉上去了，可是他在下面干等也不见绳子下来。其实这时，王干哥已变了心，他想，这么一棵大人参要都是我的该多好，于是扔下伙伴一人跑了。

伙伴一个人在深谷悬崖处等着，并不停地喊着："王干哥！王干哥！"就这样，他叫着叫着，终于变成了一只小鸟，不停地这样叫下去。

那么，这只鸟是什么样的呢？

在许多挖参人的认证下，在民俗学家王宏刚先生、富育光先生等人的指认下，在阎福兴先生的指点下，"人参鸟"原来就是"小猫头鹰"，它的叫声果然是"王干哥！王干哥！"。

这一点，日本著名动物民俗研究专家花井操女士也认同，所说的人参鸟就是小猫头鹰，起码它是"人参鸟"之一。

小猫头鹰学名叫红角鸮，民间称其为"夜猫子"或"王干哥"。雌雄鸟长得都非常相像，喜欢栖息在松阔叶林的边缘，在冬季林子里的食物缺乏时，它们常常飞到村落和人家居住的地方去寻找食物，其实它主要吃步行虫和蚂蚁，吃老鼠和飞行的昆虫，并不吃人参籽。人们认定它是"人参鸟"，完全是根据它的叫声所关联的故事去联想和认证的。

那么人参鸟的最基本的特征是吃了人参籽后便不再叫了。这样在人参这种植物开花之前，它一直在叫，而一旦吃了人参籽，就不叫；人们可以追寻它的"叫声"去寻找人参，而这种"人参鸟"却被阎福兴等鸟类专家认为是"飞龙"。飞龙是棒槌鸟吗？

飞龙是很出名的一种山禽，它主要活动在长白山、大小兴安岭和张广才岭一带的山间林中，在很早的时候，飞龙便成为北方民族给中原王朝进贡的一种贡品，特别是将飞龙的肉拌在肉中制成丸子汤，然后放入火锅中，那便成了"飞龙汤"，据说是极有营养的一道"国宴"。但是"飞龙"的又一别名叫"山鸡"，山鸡的种类也繁多，最出名的飞龙山鸡如"秧鸡"和"榛鸡"，等等。

所说秧鸡，是指这种鸟儿喜欢在林中的草和植物的"秧棵"中走来窜去，在林中的草地和矮树枝丛中做巢，喜欢吃昆虫和植物的果实，特别是人参籽。

人参在结籽后，会变得通红，在植物之中非常鲜明，秧鸡常常在林子里寻找人参籽吃，人们挖参，顺着秧鸡的路线走，便会找到人参。

另一种飞龙鸟叫"榛鸡"。

榛鸡顾名思义，它们喜欢在矮小的榛棵子里穿行往来。巢多筑在人迹罕至的针阔混交林、针叶林和杨桦林内，通常是沟谷纵横、地势起伏、杂草丛生的地带，而这一带地方，往往也是人参喜欢生长的地方。它们喜欢吃植物的嫩叶、芽苞和各种花，人参籽和花，它们极喜吃食。挖参人在山里寻着寻着，如果突然发现一伙山鸡扑棱棱地飞起，便要注意脚下了，因这一带很可能有山参了。

特别是盛夏初秋的季节里。因为众多的山鸡在春天出生后，至夏秋已长成成鸡，活下来的是克服了种种疾病和山瘟的鸟儿，这往往是依靠了人参的营养，保住了活命的。如果到秋冬活下来的，就会更加肥美了。山鸡的叫声不能引发懂鸟语的人去判断它和人参的关系，只能通过它食人参籽的习性去寻觅，在这一点上，它和"人参鸟"小猫头鹰的特征正相反。

第四章
又一个世界

　　鸟能把世界的一切都"记载"和"演绎"下来，还是单单在东北这块土地上？是世界奇特，还是东北比世界上的其他地域更神秘、更独特？

　　无论是恨还是爱，鸟的名字和声音都能"讲述"出来；无论是"赶车"还是"喝酒"，鸟也用自己的"特征"来记录和传承，于是我还是在探索着东北的特质，那就是属于东北地域的、独特而神奇的与"鸟"有关的事项。把自己的想法说给了懂鸟语的阎福兴。谁知他反问我："你想知道什么？"

　　是啊，我想要了解什么？

　　我想了想，还是要了解"人"。

　　我知道，东北由于高寒、荒冷，从前女人存活困难，于是许多的男人说不上家口，他们只好一个又一个成为"光棍"。难道还有"光棍"鸟吗？不管是"名字"或"叫声"，能有这方面的自然文化的事项存在吗？

　　谁知，他却告诉我，正有一种鸟，名字就叫"光棍好苦"。

　　他也是听上了岁数的人说，早年在长白山里头有一个王老汉，一辈子没"开花"（没结婚），无儿无女，孤身一人，因他排行老五，大伙就叫他老五叔。可怜他六十多岁的人了，给人扛了一辈子大活，到头来瘦成了一把骨头，地主看他老了，下地干不动活了，就让他打更看门，而且每天早上必须三点钟召唤伙计起来下地干活，要是召唤晚了，不是挨打就是挨骂，王五叔为了混口饭吃，只好答应这么干。从前哪有什么钟啊表啊，就老财家有一个闹钟，还是隔三岔五地不走字儿。开始老五叔很怕伙计们起来晚，他每天早早地就到上屋的东家去问："几点钟了？几点钟了？"开始东家害怕伙计们起来晚，就告诉他："三点钟了！"可是一来二去的，东家先烦了。他再一问，人家就说他："穷喊什么！不知道！"于是老五叔再也不好意思去问，又怕召唤晚了伙计，于是自个儿天天晚上不睡觉，就坐在门口抽闷烟，等着喊伙计。伙计们都心疼老五叔，可是没办法，就这样一年一年下去，老五叔熬得像一把麻秆。

这年夏天的一个晚上，外头下着大雨，雨点打得房顶直响，这时已快到三点了，大伙睡得正香。老五叔有心召唤伙计们下地干活吧，又于心不忍；不召唤吧，又怕东家不让，这可咋办呢？他左思右想了老半天，把烟袋往腰里一别，就顶着大雨出去了，一边往上屋走，嘴里一边叨咕着："几点钟了？几点钟了？"可是到上屋一看，屋里黑乎乎的，东家睡得正香。他故意咳嗽了两声，又说："几点钟了？几点钟了？"他的意思是你东家不告诉我时候，伙计们起不来可别怪我。于是他又瞅瞅伙计们的小屋，也不忍心召唤他们。这时，天渐渐亮了，伙计们才起来下地了。

伙计们刚一走，东家就进了老五叔的屋，上去给了他两个大嘴巴，骂道："你这个老兔崽子活够了，竟敢不招呼伙计下地干活，今天我非扒了你的狗皮！"老五叔被打得鼻口蹿血，扑通一下躺在地上死了。东家一看他死了，就狠狠地踢了尸首两脚，找了几个人把老五叔埋了。就在老五叔死后一百天的时候，大伙就常常看到一只小鸟，每天下晚在房前房后地叫唤："几点钟了！几点钟了!"伙计们都知道，这小鸟是孤苦的老光棍老五叔变的。

也是阎福兴讲的，说有个老头，一辈子给东家扛活，说不起家口，盖不起房子，就住在房后的一个方八尺小庙里。老头一天天地老了，没有任何人管他、看他。这一天，他渴得要死，就趴在地上喊："谁是我儿子，给我一口水喝！光棍苦！光棍苦!"喊着喊着，就死了。也真是奇怪，自从老人故去之后，那座小庙后的林子里就飞出一只小鸟，整天飞来飞去，嘴里不停地叫道："光棍苦！光棍苦!"

其实，光棍苦雀学名叫"四声杜鹃"，它喜欢在村落、农人家前后园子和林子里以及针阔混交林和阔叶林一带活动，叫声凄苦，奇怪，有时叫声是"几点钟了！几点钟了!"有时又叫"光棍苦！光棍苦!"或"光棍好——苦！光棍好——苦!"有时又叫出另外一种声音，什么"磨斧砍错——啊！磨斧砍错——啊!"讲起来，又是另外一个内涵。

这讲的是后老婆对先房孩子的事。是说一个婆娘带着儿子嫁到另一家，总对人家的孩子不好，可人家孩子和她的亲儿子小哥俩处得非常好。一天晚上，弟弟看出母亲对哥哥要下毒手，于是自己和哥哥换了位置，结果亲娘杀害了自己的骨肉。后娘一看是杀了自己的儿子，就十分的内疚和后悔，于是整天迷迷糊糊疯疯癫癫的，有一天一不小心掉进村口的大泡子里淹死了，就在这时，旁边的一棵树上还有一只鸟儿在养雏，其中一只雏鸟，刚一出窝就会飞，它飞向森林，整天整日地像哭一样地叫着"磨斧砍错——啊！磨斧砍错——啊!"

鸟的"语言"和"声音"在阎福兴看来是给他带来了丰富的空间，像一个奇特的世界，他把对鸟儿"语言"的认识上升到了人类改变自己生存条件并创造一个美好的精神世界的思考上去。这其实是人与自然的一种亲情。这种亲情使他靠近了鸟，而鸟又感染了他，他又感染了人类自己。

当阎福兴把人引进"鸟"的世界时，我们才感到世界的奇妙。是这样，人活着，只在人这一层世界中生存，其实是多么单薄，只是人很少能融进鸟的世界中去，一旦融进去了，才会体味到生活本身的厚重。阎福兴是满族人，他告诉我满族人为什么喜爱海东青和鸬鹚。

人们爱海东青，甚至因为这种鸟还引发了历史上的辽金战争。把鸟人格化了，这应该是可以出现的事情，然而"海东青和鸬鹚"应该是一种重要文化类型的传说，这是记载了北方民族的一种重要文化，是"鸟"写的文化史。

据著名民俗学家李果均先生的记载，海东青和鸬鹚从前是一对父女，父亲是老布特哈（渔猎）能手，人称老海青，鸬鹚是他心爱的女儿。这一带的人往往在黑夜里也能打鱼，是因为湖下有一面金镜，那金镜上面镶着九十九颗夜明珠，有了它，夜里的江面像白天一样通亮，可是后来水底来了一条鱼龙，它把珍珠一颗一颗都吞食了，从此江上一片黑暗，渔民过上了苦日子。而现在，九十九颗夜明珠只剩下三颗了，如果都被鱼龙吞下去，从此它便更可以在江河湖泊里任意横行，于是，父女俩决定除掉这可恶的鱼龙。最后和鱼龙同归于尽了。可是鱼龙不死心，它变成一群蛎，总想把珍珠叼进大海，而老海青则变成了海东青，它总是赶跑蛎，把珍珠留在江底。

可是女儿在家再怎么也等不回父亲，于是只身到湖边（镜泊湖）去寻找。她知道阿玛是为了除鱼龙走的，她想如果把水底的珍珠重新镶在金镜上，这一带的人就会重新过好日子了。于是她找到金镜，重新镶起珍珠来。当她镶完第九十九颗珍珠，一下子累倒在水上，不知不觉她已变成了一只水鸟。人们知道这就是鸬鹚姑娘，于是从此这一带的人（指布特哈人）每次上山打猎，就带着海东青，它的翅膀一展，"狡兔酥骨，豺狼惊心"；每次下湖捕鱼，又都带着鸬鹚鸟，它能捉水中的各种鱼。

　　细心的读者不知是否发现，海东青和鸬鹚的故事正好讲的是"天"上和"地"上（水中）的事，通过两只"鸟"，把整个宇宙沟通在了一起，这就是故事的奇妙之处。而事实说的那个"鸬鹚"在从前和海东青并不是"伙伴"，鸬鹚是专门吃水中的鱼和蛎的一种水鸟，它虽然被人驯化后能为人捕鱼，但由于它嗜食鱼类，对养鱼业是有害的。特别是它吞食了蛤蜊和河蚌，将其中的珍珠带走。于是早期的北方民族养海东青是去追逐鸬鹚，然后取出它们带走的珍珠。这样一对生性矛盾的鸟，却在满族的故事中来了一个完整的统一，并把"鸬鹚"说成是"海东青"的女儿，那充满丰富想象力的地域文化，充分地反映了往昔满族人民博大的精神、胸怀，那种开拓疆土和包容、融合其他民族的精神力量，又一次在地域文化中得以再现。阎福兴也觉得这两类鸟的融合十分独特，而在生活中却深深地扎根在人的心底。

　　在历史上，因鸟而引发过一场战争，这对许多人来说是不可能的一件事，但这却是一段很著名的中国史和东北史，而引发战争的这种鸟就叫海东青。

　　海东青是一种猛鹰，据著名民俗学专家于济源先生考证，它又有海青、海青少布、白鹰、玉雕、玉爪雕、青雕等称谓，其中尤以"玉爪骏"最为珍贵，满语为"松昆罗"（海东青），是契丹、女真族等北方民族非常喜爱的一种鸟类，喜爱的原因之一是这种鸟可以被人饲养、驯化并用之捕猎。南朝宋时的刘义庆在《幽明录》里记载了这样一则故事："楚文王少时雅好田猎，收尽天下快狗名鹰，一时，有人献鹰一只，顷刻之际有一物，凝翔飘摇，呈现白色。雄鹰见之，即刻振羽高飞，直上云霄。须臾，羽落如血，一大鸟堕地，鸟翅展开达数十里，嘴边有黄，经博物君子辨认，为大鹏之雏。"这是对海东青捕猎生活的一种夸张描写，但是东北诸多民族用海东青捕猎确是事实。

据说海东青双翅下各生一个"肉蛋"，坚硬如铁，可以将比它大多少倍的大雁、鸿雁等巨型鸟类从空中击落。而且，海东青自己也是性情刚烈。猎手先要捕获海东青，加以驯化，才能使用。捕时选好"鹰场"，称为"拉鹰"。先拜祭"鹰神"，然后人藏在地窝棚里，前几米远处放一只鸽子或麻雀作诱饵，张网待捕。捕后要人鹰相处，称为"驯鹰"。驯主要是熬其"野性"，分"开食""过季""勒膘"等过程，驯成"成鹰"，然后携鹰去野外狩猎。

架鹰狩猎是北方民族和打牲乌拉向中原王朝进贡的猎物来源之一，鹰可捕获诸多动物，驯化也有诸多规俗。其中之一为"不可看走眼"，是指猎手不能妄下命令。

据说猎人在指挥海东青捕猎时，如果猎人因年老眼花，将云影看成了兔子，当鹰追去发现"上当"后，便气愤地飞回，先将猎人的双眼啄瞎，然后它自己一头撞死在大树上。

北方人很知道如何保护这种鸟。捕后狩猎一年后要将其"放飞"，是为了让它们再回归自然，休养生息，以利繁殖和发育。这是北方人对鸟类的理解，也是对自然的深层认识。由于海东青对人类有这么重大的用处，历代帝王将相都对此鸟情有独钟。辽金时期，辽王曾设"鹰坊"，内设"鹰坊使""副使""坊详稳""坊都监"等职务，专门管理对海东青的收购，查询和监督属下对鹰的使用和处理。于是女真人每年不断向辽王进贡这种"俊鸟"，而辽王使用的鹰也越来越多，要求也越来越高。据《文献通考》载："俊鹰海东青，贡于契丹，海东青小而健，能攫天鹅，爪白者尤以为异，出于五国之东，然不能自致。女真之东北，与五国邻，每岁大寒，契丹必遣使来，越岁甲马数百，入王国界，即巢取之，往往征战而得，国人厌苦。及契丹主延禧嗣位，贵贡尤苛，至遣鹰坊子千辈，越长白山罗取，岁甚一岁，女真不堪其扰，于是诸部皆有叛意。"当年，由辽上京通往女真至五国部的道路被称为"鹰路"，辽国统治者甚至把女真的贡物"量轻重而打搏"（以赌博的方式来决定贡物的轻重）谓之"打女真"，这一下子激起了女真人的怨怒，于是爆发了辽金战争。

以完颜阿骨打为首的女真族一举伐辽，辽金战争，辽国覆灭。这在历史上被称为是因为"鸟"（海东青事件）而引发的一场著名战争，当然直接原因是"贡海东青"，还有诸多其他的原因，但确确实实可以称为是因"鸟"而起的一场战争。

第五章
大自然的回报

　　自从人们传说阎福兴懂了"鸟语"，阎福兴发现自己越来越"想家"，他感觉到他有许多的时候总想下乡去看看父亲。

　　父亲老了。从小吃尽了苦，把儿子一点点地养大，可他又盼着能见见"出息"了的儿子，特别是听说他懂了"鸟语"。

　　阎福兴从三道沟走出来又回到吉林省的双阳打工，后来当上了兴城图书馆的工作人员，再后来成为兴城文联的专职干部了。可是无论是什么职位，他还是他，他认为自己就是个爱鸟的人，而且每年必须回三道沟看看老爹。

　　阎福兴每次回去，爹都把村里岁数大一些的几个老哥们儿请来，询问儿子又有了什么"长进"，并且让他讲"鸟"的各种"事情"。

　　爹觉得儿子出息了，他能不快乐吗?

　　三道沟的大人小孩全都知道，老阎头有个儿子，懂鸟语;因此阎福兴一回到三道沟，家家请他，都是询问关于"鸟"的事，许多人家还让他看看，自家房檐下的"燕窝"合不合格，春天时燕子还会不会来。

　　于是，"鸟博士""鸟专家"，各种美称一个一个戴在了他的头上。

他听了，只是笑笑。

他要做的是每次回家都和爹一块儿上山，看看当年他放羊、放牛的"山场子"，鸟儿的活动有没有什么变化。终于，他发现一块地儿在悄悄地沙化。

他坐在山坡上想，这准是一些人总是打鸟，于是鸟儿们飞了，于是一些树虫出现了；树被"啃"死了；树少了，土地沙化了，接下来就是"沙尘暴"。

爹和他一块儿上山，就是走。

他们这里走走，那里走走，然后就是回忆，接着爷儿俩又去找"队长"老三叔，把自己的想法告诉老三叔。老三叔想，你们算是干什么的管这些，可还是被感动了。

因为队长心里知道，这三道沟毕竟出过一个懂鸟语的阎福兴啊。

在阎福兴的建议下，三道沟村落规划了草场，放牛、放羊不要满山遍野地放，要像国外一样，先圈起来一块山场，可着一个场子去放牧；等这一块吃得差不多了，再圈起这块，开放那块。

多么"简单"的一件事呀，可从前的乡人不去想这些，就是身边的事，他们也不去总结和认真对待。这可能是一种生存习惯。

有许多人出于好心和同情心问，阎福兴，这些年你这么干，得了什么好处了吗？阎福兴笑了。他觉得百姓问的是一片真心、好心，可是用一两句话又解释不清。

人，一旦对人们热爱的自然给予关爱，自然便会关爱人；人与自然关爱，也是一种自然的相互关爱。

记得有一次，阎福兴在山上放羊，劳累使他躺在树下的草地上渐渐地睡着了。不知过了多久，他突然被一阵急促的鸟叫声吵醒，睁眼抬头一看树上十多只鸟儿，不停地急急切切叫着，再一看，原来自己身上爬来了一条蛇，正欲往他的衣服里钻。

原来，鸟儿的叫声是在给他"报警"。

他从心底里感谢这些鸟儿。

在感谢的同时，他又学会了鸟儿"报警"时的音节。这是对鸟儿在特定的时空里的叫声的一种破译。

接下来，他利用他的破译的鸟儿"报警"的"语言"，又救了鸟儿数回。

有一次，一种叫"东借借，西借借"的鸟儿正是做窝产蛋的时候，他在山上放羊，突然发现一条蛇正向鸟儿的窝偷偷袭去。

阎福兴知道，这种鸟儿在做窝时喜欢闭目养神，而蛇大概也知道它的这个特点，于是偷偷袭击它，阎福兴为了保住"东借借，西借借"的一家大小，立刻发出"报警"叫声。

"东借借，西借借"学名叫褐头山雀，因它的叫声像"东借借，西借借"，所以百姓管它叫这个名，它在育雏前期，主要由雄鸟喂食，雌鸟去捕食，而雄鸟在窝里往往好闭目养神，这便成了蛇来袭击的大好时机。

平常的叫声是"东借借，西借借"，一旦有了紧急情况，这种鸟就光发出"借！借！"的单一而急促的叫声，于是阎福兴发出了这个讯号。

他的报警讯号很快就引来了树上褐头山雀的同类，几只山雀团团围住上树的蛇，做出欲飞过去啄它的举动，于是蛇只好慢慢掉头溜掉了。

这样的自然界的生存奇观，阎福兴不但看到了，而且他亲自参与了。这也许是他的一种福分。

还有一回，他去赶海。和他一同去的还有三位老汉。兴城位于辽西走廊，这儿紧靠富饶美丽的渤海，海岸线上的平海沙地十分开阔，也是各种海货盛产之地，每当退潮，海边上的人便走出十几公里地去捡海产，或用网打鱼。

这是秋天的早晨，当时阎福兴和王老头、老舍头、老常头三人走到了海岸的远处，刚好鱼儿很多，他们每人展开了网开始作业。这时阎福兴发现一只小鸟一会儿在他的头上飞，一会儿在地上走，并且这鸟儿的叫声不对。

"叽儿！叽儿！"

这有气无力的叫声，阎福兴立刻听出，它这是求救的声音。这鸟儿有难飞不动了。

因海的面积大，鸟儿觅食飞得太远已没力气了，而周围又没有船只，从前，船上都有桅杆，飞累的鸟儿可以歇歇，就是解放初，一般的海边都要插一些杆子，称为"歇鸟杆"，是专门让那些飞不动的鸟儿来落脚的地方，后来，这些事没人管了，可眼下，这只鸟儿怎么办呢？而且，唯一的几根"歇鸟杆"还离着远呢！阎福兴想，它落在谁头上，谁就当个"歇鸟杆"吧，果然不一会儿，那只鸟儿落在他头上了。

于是，他不打鱼了，收起网往回走。

三个老头不解地问："你小子往哪儿走？"

"送鸟。"

"好不容易过来的，真是可惜呀！"

可他不管这些，依旧往回蹚，终于把鸟儿送到岸边处的那根"歇鸟杆"前，说："我救你一命！慢慢飞吧！"

鸟儿好像很是感激，不停地叫着，飞走了。这一回赶海，他什么也没捞着，可是，他得到了鸟的情谊。那也许是自然对他空空而归的很好的一个回报。其实是"满载而归"的回报。

是啊，如果你不了解阎福兴，你就不可能知道什么是人对自然的真正的关爱。我猜想，如果人真的有轮回转世，那么阎福兴的前世，一定是鸟，因为他的心太贴近鸟了，他的情已归入了自然。如果人人都能这样关爱自然，人类的明天该会多么美好呢。

一、寻找失踪的儿子

提起懂鸟语的阎福兴观察鸟的故事，他的父亲阎大爷给我讲了这样一段故事。

小时，阎福兴是个很乖的孩子，由于妈妈从前身体不好，他无论上哪儿办事，都是办完就回，早早回家，从不在外耽搁，以免让家里人惦记。有一回，是他十七八岁那一年，他正在临村的一个队上给人帮工。这天收工较早，他听说临村旁的山上有个胡大爷，最懂得鸟和天文地理，就决定去拜访胡大爷。

阎福兴往胡大爷看窝棚的地方走，只见四周静悄悄的，不见一人。他有点着急，便一口气跑到河边，却看见一大群人挤在一起，大家都在抹眼泪。他挤进去一看，哎呀！地上血糊糊地躺着一个人，正是胡大爷。阎福兴叫了一声："胡大爷！你这是怎么了？"他一下子扑了上去，摸着胡大爷的头，给他擦着嘴角的泥土。

阎福兴揪心的哭声，唤醒了老人家。胡大爷拉住阎福兴的手，两只眼却呆直直地瞪着响晴的天空，轻声说："天！天！看天！"阎福兴刚想问看天上什么，胡大爷却头一偏垂了下来，永远地闭上了眼睛。

他看见胡大爷死了，再也听不到他讲故事了，阎福兴很伤心。这时乡亲们告诉他，原来早上乡亲们下河去打鱼，本来响晴的天儿，没有一丝云疙瘩，可是没一会儿工夫，就下起了瓢泼大雨，风浪一下子打翻了好几只小船。看窝棚的胡大爷急了，就下河去救人，可他自己却被冲到一个大石头上……

"看天！"阎福兴想明白了，这是胡大爷在临死前还在告诉他，要注意观察天；这是老人对他的信任和嘱托啊。他于是擦了把眼泪，悄悄地离开了这儿。

一连三天，阎福兴没有回家。

这一下可急坏了阎大爷，儿子是他的眼珠子、命根子，这小子上哪儿去了呢？他听说儿子到三道沟旁的邻村去看过胡大爷，以后就再也没影了，难道他藏在山上干什么还是遇到了什么为难遭灾的事？于是，老爹手拄着一根棒子，漫山遍野就开找了。

这天，老爹走到山上的一片林子里，忽然听到树丛中传来"啾啾！啾啾！"小鸟的声音，这声音是那么的好听，在洒着晨露的阳光下，鸟声格外清新脆亮，老人便奔鸟声走去了。

这时他才看清，这鸟声是从一棵大树上传来的，他往大树靠靠，就听扑通一声，一个人从树上跳下来，双手捧着两只小鸟，正是他的儿子阎福兴，老人说："阎福兴，你又在逗鸟！"

阎福兴说："爸爸，我会看天了。"

老人说："什么看天看地的，你妈惦记死你了！我都找你三天了！"

阎福兴说："天！鸟！"

他简直着了魔，对爸爸的话一点也没听进去，完全是答非所问，说："爸，这是窝栏鸟！"儿子高兴地把小鸟递到了焦急奔走了几天几夜的父亲面前，又说："爸，我是来找'看天鸟'的。"

"什么看天鸟?"

"这种鸟，会看天！"

老人看看儿子手上的鸟，说："什么窝栏鸟，这不就是山麻雀吗?"

儿子说："对呀！它们会看天，我已经在大树上趴了四天了。它高飞就是晴天，低飞就是阴天，来回飞一定会刮大风，一次也没错过。"阎福兴眉开眼笑地告诉父亲。

父亲也被儿子执着地寻鸟来观察天的这股劲给打动了，他把儿子搂在怀里，爷儿俩坐在山坡上。

爹说："儿呀！你说得对。这种小鸟别看小，可他们对天气的反应最快。有一年，爹上河里打鱼，一见它们来回地蹿着飞，我赶紧去窝棚里取蓑衣，可是转眼间就起了风，草帽子一下子就被刮进河里去了……"

父子俩唠啊，唠得这个亲。

因为"看天"观鸟的"任务"已经完成了，阎福兴把两只小鸟贴近嘴边亲了一下它们，然后双手向空中一松说："再见吧！朋友！"小鸟欢快地叫着，突突突地飞走了。

二、鸟博士

不知从什么时候开始，人们开始叫阎福兴"鸟博士"，是说他开口闭口都是鸟，鸟简直使他痴迷了。

常常在野外行走，他如果感到寂寞了，便发出一串鸟叫，于是他想让什么鸟来，什么鸟就来了。鸟儿常常落在他的肩上、头上或者跟着他飞个一二里地。他由早期的感兴趣已经发展到深层的关爱，一次他听说葫芦岛市一个个体酒店捕回来一些小鹰，十五元一只卖给客人吃，他立刻赶到那儿，从工资里拿出四十五元买了仅剩下的三只回家，养在家里两个多月，待小鹰们身体恢复了，他在一天早上，含着依依惜别的热泪，带着它们到野外。

在那儿，那是一片绿水青山的十字路口，他把小鹰一只一只地掏出来，然后在每一只小鹰耳边"嘱咐"一番：今后要注意，别总让人把你抓住。

然后，他再把它们轻轻地放飞。

人，如果都能像阎福兴那样去融入自然该是多么融洽的一个世界啊。他的爱鸟、认识鸟、会鸟语和鸟歌的事在几年间一下子传遍了四面八方，他先后应邀参加了环保小卫士夏令营、中国少年儿童手拉手小百科夏令营、北京手拉手环保夏令营、2000年"东西部少年手拉手"夏令营等活动，孩子们亲切地叫他"鸟叔叔"。而且，每次夏令营中必备的节目是他发出鸟叫、吹出鸟歌，引起一些鸟儿来到孩子们面前，让孩子们在他后面约几十米的地方站好后坐好，这时他把手指放入口中，一会儿，那一连串的鸟声就发出来了。大家静静屏住呼吸，一双双眼睛观察着天空。不久，鸟儿们先后飞来，落在他的周围，然后开始叫，和他比试谁的声音好听。

他的这个技能，引得孩子们不停地鼓掌、欢笑，使孩子们那么幸福，是他们最难忘的夏令营活动。

他还能让鸟儿跳舞。一次，在齐齐哈尔扎龙丹顶鹤自然保护区，他吹起了"鹤歌",不一会儿,几只丹顶鹤从远远的苇塘里飞出来,落在他面前跳起了舞。后来,保护区的一位同志把一只病死的丹顶鹤的腿骨送给了他留作纪念,而他为了永远留住这种鸟的声音,用鸟的腿骨制成了一只"鸟骨笛",他经常用它奏出鸟儿动听的歌声。

鸟叔叔、"当代公冶长"的名声首先扎根在孩子们的心灵里,当他参加过几次夏令营之后,全国无数的大人、孩子、专家、艺人和他成了知心的朋友,而且特别喜爱他,甚至中央电视台还专门为他开了"老阎爱鸟热线",为此他每天要接"热线"电话平均二十几次。

天津一位叫高家峻的老人打来电话,说:"你叫阎福兴?"

"是。"

"我爱上街买鸟,然后从笼子里把它们放飞,最多的一次我买了五千元的鸟,把它们放飞了。看着鸟儿们自由自在地欢叫着飞向蓝天,我的心是最幸福的。我以为我是世界上最爱鸟的人,可是自从知道了你的事,我感觉到我和你差得远了!可是如今,我已经老了,走不动了。我想,我把钱放在警察手里,让他们帮我买鸟,然后放。你看这样行吗?"

阎福兴说:"这样不行!"

"为啥?"

"你从一些人的手里买鸟,然后放,好是好,但是助长了一些人去专门捕鸟,卖钱!"

"那可怎么办呢?"

"还是你自己做吧。不然民警帮你买鸟放飞,增加了警察的工作负担;而你买后,可以把鸟存在的意义讲给大家,人家会被你感动的。"

"啊!是这样。"

我近日接通了高老先生的电话，他已经在这样做了。他表示他走不动那一天，把买鸟放鸟的任务交给后代。

受到阎福兴爱鸟的精神感染最多的是学生和孩子。一天，江苏徐州一个叫周野的九岁孩子给阎福兴打来电话。那时已是深夜。孩子说他病了，正在住院，他盼望自己早日好了就去上学，他想对阎福兴提个希望。

阎福兴问："什么希望，你说吧，只要能办到。"

小周说："叔叔，你能在电话里学学鸟叫吗？"

阎福兴说："能。你听着……"

于是，阎福兴在遥远的辽西兴城，在这沉沉的深夜，对着电话筒，学开了鸟叫。

他知道对方正把幼小的心灵贴近了自然，他于是把山里最好听的鸟叫，如细粉的歌、杜鹃的歌、东借借西借借的歌、黑拉鸟的歌，一曲曲地学给孩子。当听筒的一侧传来孩子满足的笑声时，阎福兴已是热泪盈眶。

阎福兴的妻子张静拿来一条毛巾，默默地给丈夫擦着腮边上的泪。作为嫁给阎福兴这样男人的女人，她也受到丈夫爱鸟的感染。男人爱鸟，她也爱了；可是家庭生活得由她去掌管哪，有时老阎一下子花几十元买鸟放飞，家里买菜的钱没了。单位又开不出工资，他们只好顿顿吃咸菜。可是，当养好的鸟儿要放飞时，她和丈夫一样，又恋恋不舍，往往是含着眼泪将鸟儿放飞……

特别是丈夫成了"鸟叔叔""鸟博士""老阎爱鸟热线"主角之后，每天成百封信，老阎看后都要回，他每年至少要回上千封信，而复印、贴邮票、发信这些琐碎的活，往往都是妻子帮他干。谁让她是"鸟叔叔"的妻子呢？

可是，在无尽的烦恼之中，当她一听到无数的孩子那天真的电话声，一见到孩子给丈夫写的那一句句真诚的话，心就软了。

爱，占了上风。那是一种博大的爱，是对人类赖以生存的大自然的爱，也是对热爱自然人的爱。

人一旦有了精神能力，人才能真正地成熟起来，而人的精神能力来源于人对古往今来诸多知识文化的吸收和接纳，包括经典和人自身传承，不然人就会有了知识而少了文化。

懂鸟语言的阎福兴是在用生命谱写着一部人类的文化学，这部作品的作者就是他自己。他已经成功地把自然科学与社会科学内涵联系在一起，并形成独特的范例，前不久，著名作家蒋子龙先生在《文汇报》上发表有关动物的《语言文章》写道："人类进入到科技时代以来，数学奇才、电脑奇才、商业奇才层出不穷，可像阎福兴这样能通鸟语的人在中国还有谁呢？在世界上还有谁呢？"

三、孩子们的来信

阎福兴了解鸟的语言，没想到最注意他的是孩子们，那一颗颗热爱自然的纯洁的心将他彻底征服了。

鸟叔叔：

昨天晚上接到你的电话，使我深受感动，今天我按你的意思，在我市的解放东路开展了一次劝君莫打鸟的活动，经过我的一番演讲，在场很多人都感动了。有一些养鸟的老年人对自己的行为感到非常内疚，并答应把鸟儿放归大自然。我们还当众在倡议书上签名；我身为学生会副主席对这次宣传活动的圆满结束表示非常高兴！

鸟叔叔，我十分敬佩您这种爱鸟护鸟的精神，我在电视中得知，您家院中的树上鸟儿不可计数，邻居们都劝您晚上把它们捉下来烤了吃，您却无动于衷，足见您的爱鸟意识。我们家就曾养了一对鸟，我十分喜爱它们，天冷了我给它们的窝里放棉花；天热了，我给它们吹风扇。有一天，我从书中得知鸟儿对人类的巨大贡献，于是我毫不犹豫地放走了它们。爸爸妈妈不但没有责备我，还大夸我做得棒极了……

鸟叔叔，时间不早了，我也该去写作业了，希望我们把爱鸟护鸟的体会不断交流下去。

……

这是来自广东省湛江一个叫许浒的孩子写给阎福兴的信。全国还有无数的孩子，都对阎福兴一往情深，原因是他对鸟一往情深。

鸟叔叔：

鸟类是害虫的天敌，人类的朋友，每到春末夏初，正是鸟儿繁殖的季节，这时候，它们要大量捕捉昆虫来喂养幼雏。就是在其他季节，鸟儿也要消灭很多害虫和有害的小兽。据解剖得知，啄木鸟、麻雀、喜鹊的胃里，昆虫占百分之八十以上。一只猫头鹰每天捕鼠五只，一只长耳猫头鹰每天吃鼠四只。由这些资料可知：鸟类对于造福人类、维护生态平衡起着多么重要的作用。

鸟类对于调剂人们的日常生活也是极其重要的。古诗"两个黄鹂鸣翠柳,一行白鹭上青天",给我们描绘了令人神往的意境。鸟类装点着世界,美化着大自然。当你春季漫步于林荫小路时,有啁啾的鸟鸣声相伴;当夏日黄昏在院中乘凉时,欣赏小燕子剪出来的一树翠绿,你会感到生活到处充满了生机和乐趣。如果没有鸟类,自然界就会大煞风景;如果我们人为地消灭它们,地球上不就将出现"千山鸟飞绝,万径人踪灭"的荒凉景象吗?

写信的是一个中学生,他说他是阎福兴的"徒弟",追随者。

鸟叔叔:

我对您是有些了解的,说来话长。我现在是高二的学生,可我不知为什么对动物一往情深,也许是小的时候,父母怕我孤单而为我买了许多的小动物,鸟呀、鱼呀……可以说,是小动物陪伴我长大成熟,这也许是我对动物热爱的萌芽吧,但或许那也是天性,现在我已是一位热爱自然、热爱环保而又执着的志愿者了!从去年开始,蕴藏在我心中的种子终于萌芽了,我开始收集各方面的环保资料,到现在为止光剪裁的报纸资料就有8000多份(其中关于您的故事和消息好多呢),我还收集各种环保书,如鸟类图鉴、鸟类图案、鸟和动物的造型等等,丰富极了,像一些书籍,如您那本《中国鸟类图鉴》《鸟》《世界鸟类》《中国野鸟图鉴》《北京市野鸟图鉴》,还有许多关于动物的书……

我突然觉得我的生活丰富起来了,我也觉着我自己的知识开始渊博起来了,真的。而且我发现,我的学习成绩在逐渐地提高,老师和爸妈都对我另眼相看,我觉得自己和以前不一样了!

今年，我一下子订了十七八种报纸和杂志，全是关于自然的（这些钱全是用我平时剩下的零花钱和老人过节给俺的压岁钱，还有爸妈让我买衣服我没买的钱），但是我很高兴、很乐意。

现在，我从热爱动物到热爱自然，也越来越热爱环保了。由于我的家乡是个小城镇，其他各方面都不错，可就是对环保大家都忽视，像书呀是基本没有，活动也为零。这样便逼着我去开始实现我对环保愿望的人生旅途。通过看书，我的思想进一步成熟，从环保进入到环保的理论，而我在不断地努力，这正是理论与实践的相结合（至少在我身上）。

我曾经给许多的前辈们写过信，有国家环保总局，吉林省林业局，市县镇的林业部门，国际爱护动物基金会，"自然之友"的梁伯伯，杭州市环保前辈潘虹耕爷爷，乌鲁木齐野生动物摄影家冯刚老师……（我有一长串写信名单）而且他们都给我回了信，有的送了书，有的送来了照片、资料，像《自然之友》的梁伯伯还将我纳入《自然之友通讯》的寄赠名单，他们给我的帮助与支持真是很大，令我终生难忘。

正是有了你们这些热爱大自然、保护大自然的环保前辈的指导，才使我的奋斗充满了活力。从现在开始，从身边的点滴小事做起，为提倡环保做出自己的一点力所能及的事。

昨天早上，我打开电视机，一下子在中央电视台的屏幕上见到了你，我说这不是鸟叔叔吗？我激动不已，立刻一边录音，一边看。不过我很伤心，因为节目完了后，一点信息也没有（中央台的节目，应该多给人们信息和知识。可能这样做难，但人们希望这样。包括播完鸟叔叔您的节目，也应该有您现在在干什么、计划什么等等，这该多好。我想，这样的节目，我们一定爱看），但是我还在看。我等着中央台的重播就是为了再见到您。

我在电视机前等啊等，整整地等了一天，到了晚上八点，啊！我又给节目录了音，记下了爱鸟热线，认真地校正了好几次，于是才给您打了电话，写了信。当我在电话里听到您那亲切的声音，您那童年与鸟做伴的美景经常出现在我的眼前，您那优美的鸟叫哨声时常飘荡在我的耳旁，您和鸟的相处令我十分敬佩……

鸟叔叔，我也非常想得到您的帮助，因为我在环保爱鸟方面是一个真正的发烧友，前面的行动，只能代表我的热情。另外，您的爱鸟热线的情况，我还不是很了解，其他的活动情况，也不太清楚，比如您的经历、您和鸟的接触故事，您的各种体会，您是怎样组织人员的，您是通过什么方式来做的？

这些，您能写成一本书，让我们饱饱"眼福"吗？

鸟叔叔，您爱鸟懂鸟的"故事"出版了吗？

这封长信的落款是叫"一个热爱大自然的孩子"。后来，他以优异的成绩考上了一所全国重点大学。这肯定和他热爱鸟、热爱大自然的火热追求有直接关系。

但是，每一天，给阎福兴来信的孩子太多了。

鸟叔叔：

看到了您的事迹后，我已和伙伴们在这里组织了一个"爱鸟学生队"，差不多都是高中生，已有了三十多人参加。这是我们自己组织的合影，您猜猜我在哪儿呢？

这是"中学生爱鸟环保组合"的孩子们给阎福兴寄来的合影,他(她)们一个个笑得多么开心、幸福,朝气蓬勃,可是,他(她)们缺少关于"爱鸟"和"环保"方面的书籍。

大多数孩子,正处在充满对知识的渴望期,这种时期,如果我们把书送到他们的手上,那会是什么样子呢?

……

阎叔叔:

最近,我们成立了一个"学生自然考察队",这个名怎么样?怎样"懂"鸟语?怎么和鸟相处?还有就是您和鸟的故事,您能告诉我们吗?或者,这本书在哪里可以买得到呢?

我们也知道,给您写信的人太多,回信也是太多,如果您没时间回我的信也就算了,您只要知道在浙江,在许多地方的村镇、学校里,有一些学生在默默地支持您。我要尽最大努力,尽自己的所有力量,给"队员们"宣传您的爱鸟行动。

……

鸟叔叔:

出于对鸟的热爱,这才给您写这封信的,但是信中的三言两语简直无法表达我想知道您的"故事"的心情。随信寄上我的一些书。这都是"中国人与生物圈"委员会送的,这样的书我有了一些,也是委员会副主席给我的"任务"。我很高兴能寄给"鸟叔叔"。还有几本杂志,不知您订没订?我也一块儿给您寄去。这很有点"国际性"的味儿,比较权威。

最后，祝您和您的鸟儿们新年快乐。

什么样的落款都有，都是一些充满理想和追求的孩子，是大自然和鸟类使这一颗颗滚烫的心和"鸟叔叔"紧紧地挨在一起，而这一切是他——阎福兴做梦都没有想到的事呀。

四、中学生——叔叔紧握你的手

鸟语把他和一个"阶层"的人拉在了一起，谁呢？就是来自全国的包括世界的孩子，小学生、中学生、高中生、大学生。

除了和"鸟"对话，他还要和他（她）们对话。最累的和最幸福的就是回信。特别是一到每年的 3 月份，因为 3 月 4 日是"世界爱鸟日"，这一天之前，他家的信像雪片一样飞来，于是他给妻子和儿子都"派"上了任务。

他让妻子负责接电话。

他让儿子收全国各地的信件，登记、造册。

他自己专门回信，同时转各种各样的信件。原来，生活中爱鸟环保等各方面有趣的学生组织很多，不少人知道他的"热心"，特别是爱鸟，就通过他去"转寄"许多方面的材料和信件。他不能不办，不能冷落了孩子们的心。

有一次，《国家地理》杂志的一个活动"根与芽项目"活动小组，听说一个叫方明和的同学曾经给阎福兴写过信，并有联系，于是这个项目的协调员就把材料寄到了东北兴城阎福兴家里。信写得是那么的好：

方明和等同学：

　　你们好！很高兴看到你们的来信。我和我的同事们都很为你们保护环境的热情感动。

　　珍·古道尔博士以惊人的勤奋和毅力研究黑猩猩长达四十多年，是我们学习的榜样。有志者事竟成，古今中外都有这样的人，这样的事在激励着我们前进。

　　每个人都很重要，每个人都能发挥作用，每个人都能带来变化。那么我们要怎么做呢？注意观察周围，并把你的发现和你的思想与其他的人分享。带动身边的人更多地了解身边的环境，并想为保护环境做一些事，很自然就会和你走到一起。

　　"根与芽"是一个全球青年环境与人道主义项目，鼓励年轻人发现并解决身边的环境问题（人文及自然环境）。你们可以着手在"关爱环境、关爱动物、关爱社区"等方面做一些事。

　　希望你们把活动的过程和感受写下来寄给我们。如果你们有好的项目需要技术和资料方面的支持，请给我们写信。

　　随信附上的《根与芽项目指南和活动手册》可能会对你们开展活动有所帮助和启发。请与小组的同学们共同分享。

　　祝学业有成！

根与芽项目协调员

张喆

2001 年 2 月 8 日

阎福兴也被感动了，二话不说，立刻转寄。

这样一来二去，他实在忙不开，于是就通过中央电视台，在全国爱鸟日这一天，向小朋友们发出一个倡议。

亲爱的少年朋友们：

你们好！

今年3月4日是"世界爱鸟日"，在这个美好的日子里，让我们与地球上的每一位少年朋友，共同肩负起爱护鸟类、珍视环境的历史责任，给鸟儿一个自由飞翔的空间。

少年朋友们都知道，鸟儿是人类永远的朋友。这个世界因为拥有了鸟儿的悦耳鸣啼，才会如此绚丽多姿，人类才会在鸟语花香中自由生活。一旦没有了鸟儿的存在，我们的生活将会失去色彩，失去许多应有的快乐。

亲爱的少年朋友们，请行动起来，在"世界爱鸟日"活动中，从自我做起，做几件保护鸟儿、珍惜环境的事儿。你们可以找同学开一次爱鸟儿主题会；给亲朋好友写一封爱鸟信；写篇关于小鸟习性的作文；给可爱的小鸟做个巢挂在树上，同时还可以搞些爱鸟儿、爱护绿色方面的小发明、小制作。让我们积极行动起来，形成人人爱鸟、保护自然环境的良好气氛，使我们的世界变成鸟的乐园，人类的生存环境更加美好。

欢迎全国少年朋友将自己的爱鸟活动和感受来信告诉我。让我们以自己的实际行动迎接"世界爱鸟日"，做鸟儿的朋友。

恭候小朋友的来信，欢迎小朋友到鸟叔叔家做客。

鸟叔叔阎福兴

倡议一发出去，全国的孩子们便给他来信了，这一下，把邮局的人也忙坏了，他的家乡的邮局专门给阎福兴留了一个口袋。因为大伙也都关注他！

有一个杂志，还把他的故事编成了连环画，讲述"鸟奇人的故事"。

这就是一只只伸向阎福兴的热切的小手，使得他从心底里下了决心，一定要紧紧地拉住这些小手，和他们一同去关爱鸟类，关爱大自然。有一天，他拿着一沓子给孩子们的信去邮局里邮寄。他心中光想着每一封信的内容和孩子们接到他的信后那高兴的模样，突然，只听扑通一声，他一下子掉进一个没有马路井盖的下水道里。

他大喊："救命啊！"

原来，这是人家在修马路的下水道。本来人家立上了说明牌：行人绕行。可他光想着信了，什么都看不见，才掉了进去。

水，已渐渐地没了他的腰。

修路工人来了，立刻拉住他。他却大喊："别管我，先救信！"

"信？"

"对。就是这些信！别弄湿了！别弄坏了呀！"

懂鸟语的阎福兴如今迷上了生活在大自然中的鸟的世界，他其实是个"大小孩"。

第六章
关于鸟歌

鸟歌最著名的叫"海青歌"。据著名民俗学家于济源先生在他多年研究的专著《海东青及其文化现象》（见《学问》2001年第4期）中记载，我国最早的名曲《海青拿天鹅》中有"弹出天堂避海青"之句，据说此曲定型于元代。在清康熙三十三年（1694年）的笙管曲抄本中，有《放海青》《拿鹅》二曲；嘉庆二十四年（1819年）出版的华秋萍《琵琶曲》改为《海青拿天鹅》，有的题为《平沙落雁》。而这首著名的曲牌以后分别流传在宫廷和民间，并成为经久不衰的优美曲调。

所说的"海青歌"，主要基调是表现海青在捕捉天鹅时的壮烈、火爆以及天鹅将逝前的凄苦悲凉，于是这种以鸟的活动而演绎成的著名乐曲就在人间久久地流传下来。

乐曲的基调是鸟的搏斗、战斗、胜利、悲哀、消失、追求等等方面，十分繁复、完整和庞大。

在宫廷中演奏的"海青歌"（《海青拿天鹅》）悲而不苦、哀而火爆，并且一点点地变成了宫廷赞歌，用以暗喻"海清河晏、太平盛世"；而落入民间的"海青歌"则是大起大落，形成了悲凉凄楚的人生离别的基调。还有诸如《翻天鹞子》《海青拿天鹅》《平沙落雁》都是由"海青歌"发展而来；在民间，特别是"白事"（有人故去）的仪式上，"在天快黑的时候，他们吹打一大阵，那叫海青拿天鹅，是满族音乐的打法"。（见武田昌雄《满汉礼俗》一书）其实，何止满族，就是在东北汉民族丧葬习俗中，各个来"对棚"的鼓乐班艺人都会吹打"海青歌"，那是重要的曲牌。

鼓乐班在演奏《海青歌》时，很是古朴苍凉，往往极其激动人心。据著名鼓曲研究专家李来彰先生说，吹奏《海青歌》，艺人们的心中往往也受到深深的感染，演出后好久吃不下饭，一种悲凉和痛苦的感觉长久萦绕在心头。

民间又有"不会吹奏海青歌，拿不起家什"的说法，是指作为一个"鼓乐班"的吹鼓手，吹奏《海青歌》是基本的本领和"看家"的手艺，也是师傅收徒的重要条件。这一切都说明了这首曲调的重要传承。

鸟歌《海青歌》的流传和传承，是说人们接受了这种生活事项，熟悉和了解海青与大雁在生存过程中的一种感受，并和人的情感产生了一定的共鸣。

音乐表现人的心理，用自然的鸟声融入音乐，便使其保留了自然的亲切和古朴；同时也因为人类，特别是北方民族对"鹰""燕"《海青歌》的印象太深，这也是这种鸟歌能这样长久流传的原因。

而阎福兴要创造和发现自己的鸟歌。

阎福兴经常这么说：我是"高等院校"毕业生，我念的是"自然大学"，鸟儿是我的老师；我用几十年时间观察自然，我家乡山上的每棵草长啥样我都知道；就连天上的云，我都认识了！

老白（指云）来了，要有雨！

我认识它了。天是朋友，云是伙伴，草是哥弟，土是俺娘……

阎福兴说，当人一旦融入自然之中，真是有学不完的东西呀。

在常人看来，破译鸟的语言已实属不易，而且还能和鸟对话，这就更加难了。可是阎福兴却要往更深层的领域去探索——鸟歌。

引起他这个思索的是在一个秋天。

天渐渐地凉了，秋风一吹，山上的树和草的叶子开始飘落和枯黄，冬天迈开脚步，开始向人间走来了。

寒冷的露水在夜里把草叶打得变苦，羊儿们就不愿意吃山岗上的草，而山洼洼里的草不经霜，是羊儿们喜欢去的地方。可是，阎福兴惊奇地发现，那儿的草常常被压倒了一片，原来是南飞的大雁在这儿过夜！

这几天，大雁常常在头上过，它们一会儿排成"人"字，一会儿排成"一"字，阎福兴经常长时间地抬头仰脖，破译雁叫。

阎福兴惊奇地发现，当大雁排成"人"字时，有三只雁在叫，那就是头雁和"人"字分岔时的最后两只，而且叫声也很特别。

往往是头雁叫道："归！归！"

后边的两只雁回道："呱！呱！"

叫声的意思是，头雁问："跟上没？"

后边的两只回答："跟上了！"

声音很整齐一致。

而当雁群排成了"一"字时，往往只有两只雁在叫，那就是头雁和尾雁；声音的音阶还是"归！呱！"这是讯问"队伍"跟上没有。

为什么是这样？

阎福兴通过多年对动物和自然的观察分析道，雁是远飞，而交换就消耗体力。所以头雁不许"大家"都"插话"，只许它问，只许最后的"尾雁"回答。这是大雁的智慧。

　　而长途飞时为什么一会儿"一"字排队，一会儿"人"字排队，这原来是为了让每一只雁轮流"值班"，大家都来"出出力气"。所以"一"字时一只雁回话；"人"字时，两只雁回话。而常规的情况下。"一"字队形时居多。

　　夜里，霜在寒冷地区降落，阎福兴偷偷地进山爬上树去观察雁哨。迁徙的雁阵是最有组织纪律的，夜里宿在山洼洼处，派出哨兵时它们从不高声鸣叫，只是头雁在雁哨的脖子处上下蹭着发出轻轻的"噜噜"声，那是有经验的老雁王在告诉孩子们："夜里一定要精心！大伙的生命，可都在你手里！"

　　阎福兴还发现，雁在夜里睡时也排开要起飞的队形，便于它们随时冲上天空。而且到了第二天黎明，它们也是默默地飞起来，到了空中调整好队形再叫唤。

　　在阎福兴学"鸟语"的过程之中，总是要不断地破译"鸟"的鸣叫的频率。不同的鸟，要掌握不同音。

　　如"毛腿沙鸡"：

　　它的活动常常是一对一双地走，并不停地叫，一叫，嘴下的"黄斑"纹路一鼓一鼓的。

　　声音是："咕，咕——嘎！咕，咕——嘎！"

　　可是一到繁殖期，它的叫声反而变了，变成了"咕咕咕！咕咕咕！"

　　为什么？阎福兴也不知道。但这却是沙鸡一种"声音"的旋律。

还有"凤头麦鸡"。

它们平时不太爱叫，可是繁殖期反而叫得很欢，尤其是雄鸡："咕咕咕了！咕咕咕了！"几乎一刻不停。那是一种喜悦，还有什么内涵阎福兴不知道，但是他可以在这时以这种叫法来雌鸡，他试过多次。

更有趣的是戴胜鸟。

戴胜鸟又叫"花和尚"或"臭姑姑"，主要是从它的长相而来的，它喜欢住在啄木鸟废弃的树洞里，但叫声很有趣。平时它的叫声是："扑——扑——扑——"声音粗而低沉。

可是，一旦它组成了家庭，叫声变了："扑拉——扑拉——扑拉！"

而在它们有了孩子，并领着孩子"出游"时声调是："扑沙——扑沙——扑沙——"

这些"声音"的细微的变化全要靠人去细细品味和掌握。

还有如"岩鸽"。

一只的时候，它的叫声是："苦！苦！"

而两只在一起时，却是："苦啊！苦啊！"

许多鸟叫是"两声"，只是少数鸟是"三四声"，极个别的有"五声"；音阶越多，便可以有更丰富的内容。这可能就是大自然的奥秘。

"北灰鹟"也是这样。

它平时的叫声是："撕！撕撕！"可是一旦它发现了紧急情况，却叫出："撕了！撕撕了！"或"撕吧！撕吧撕吧！"

鸟儿在创造自己的"语言"时一定有一种规律：这个规律肯定和外界及它自身的某种"变化"有直接的关系。但是，什么时候变化，什么条件下出现这些变化和变异，这是掌握鸟的"语言"的人必须要认真地了解的。

把鸟语归集成"鸟歌"，是一种不易的探索，那要根据某一种鸟的特点、生活习性和自然规律去完善。而歌，这又是人对它的概括。有时人听来像"歌"，其实不一定；有时人以为不是"歌"，却恰恰是真正的鸟歌。

比如"雁歌"就是这样。

在阎福兴破译鸟兽语言的经历中，他曾经学会了许多鸟的歌，如画眉、杜鹃、百灵，可是还没有"雁歌"，他要谱写出一首雁歌。

雁的形体因其大，雁的音质就越发浑厚，音调低沉，如果光用自己的指哨是代替不了的：他曾经试着用树枝、葫芦，甚至用鞭杆来吹雁叫，都不行。

这时阎福兴想，人与人的声音，大人和小孩的声音，男人与女人的声音，都已经存在着差异，这是人的性别和年龄决定的，而雁的喉管和它的躯体形态分布有别于其他鸟类，所以必须找到能和雁的喉管相适应的材料，这才能奏出雁歌。

向鸟的思维的深层次探索就是人向自然的挑战，而人类不是一刻也没停止过向自然挑战吗？就连人类所追求的奋斗目标的最高标准的吉尼斯也是一种鸟，据说这种鸟在追寻自己的目的时累死了，于是人们把它作为榜样来命名，是为了鼓励人类要向极限挑战。

原来鸟儿早就和人类有了某种不解之缘。

这时，阎福兴听说一种叫"乌嘟"的乐器，是一种古老的乐器，可以发出和雁鸣一样的效果，而且口和鼻都能吹，也符合雁在各个时段的发音，他决定寻找和学习"乌嘟"。

第七章
为了鸟歌的传承

在掌握和破译了诸多鸟的"语言"之后，阎福兴发现自己的嘴不好使，一张嘴已经不够用了。

可是人不能有两张或更多的嘴呀！

但是，要把丰富的鸟世界的语言记录下来，传承下去，就必须想法给自己增加许多"嘴"，于是他想到了恢复鸟歌和鸟语的工具。

工具，是他的"嘴"。

平时我听阎福兴能熟练地表示出各种鸟儿的复杂的"声音"，往往感到惊奇，可是当你了解到他为了给自己"长"上一张张鸟的"嘴"而付出的艰辛，你又不觉得这是奇怪的事，那其实是人类每一位创造者都曾经付出过的努力。

为了能"破译"鸟语，为了能准确地把握鸟世界的声音韵律和特征，阎福兴亲手制作了五十多件"乐器"（其实是他对鸟语言恢复和传承的工具）。

如眼下的名单是这样的：

1. 巨笛长 3.45 米，三人吹奏，吉尼斯纪录长 25 厘米。

2. 双人笛，二人演奏。

3. 超低音笛，又称大贝笛。

4. 龙凤笛（凤笛），音色近于箫和笛音色之间，音域可达三个八度。

5. 龙凤笛（龙笛），同上。

6. 曲笛，适于演奏江南丝竹乐和昆曲。

7. 梆笛，适于演奏欢快激昂的乐曲和群鸟鸣叫，可伴奏亦可独奏。

8. 高音笛，曲调高亢，适于演奏具有强烈地方特色的乐曲和鸟歌。

9. 竖笛，可广泛适于演奏印度、我国新疆等地民族乐曲和鸟曲。

10. 日本笛，适于日本国富有特色的民乐和一些飞行的鸟鸣。

11. 玉笛，音色洪亮清脆。

12. 弯笛，音色低沉适于孤鸟。

13. 排笛，由二支或三支固定在一起，适于吹奏排笛曲，似群鸟鸣。

14. 朝鲜短笛，演奏朝鲜族乐曲，表演方式灵活，表达自如。

15. 鹤骨笛，全国仅有两只。

16. 骨笛，由鸡骨制作。

17. 微笛，长 2~3 厘米，模仿鸟鸣，由骨制成。

18. 麦笛，由麦秆制成，模仿小鸟叫。

19. 高粱秸笛，含在口中吹，系东北满族民间的传统乐器。

20. 口笛，苗笛乐器，男女恋爱时用此表达爱意。

21. 朝鲜竖笛。

22. 陶笛，用泥烧制而成，可模仿各种鸟鸣。

23. 八音朝鲜族乐器。

24. 竹笛，古代乐器类。

25. 云南少数民族乐器。

26. 朝鲜箫，朝鲜族竖吹乐器，演奏时头部需要左右摆动。

27. 朝鲜短笛。朝鲜族竖乐器演奏时头部需要左右摆动，别具特色。

28. 闽箫，福建闽南传统乐器。

29. 南箫，近似于日本尺八，是演奏闽南音乐时离不开的乐器。

30. 八孔箫，又称洞箫，属于吹孔气鸣乐器，有 5 孔、6 孔和 8 孔，具有民族和地方特色，适合奏雁歌。

31. 低音排箫。

32. 键盘排箫，著名笛子演奏家高明研制，用于吹古典及模仿鸟鸣。

33. 苗笛、箫筒，苗、瑶、彝族吹奏乐器，流行于广西、云南、贵州等地。

34. 泥都，用典河泥制作，类似于埙的音色。

35. 埙，古代乐器，至今有七千多年的历史。

36. 乌都，古代乐器。新挖掘出的古代乐器音色优美，可用于口或鼻子吹，可谓独一无二，似一种孤雁鸣叫。

37. 加水埙，加水可变调，音高变化多样，活灵活现。

38. 象形埙。

39. 管子。

40. 唢呐。

41. 巴乌，云南少数民族乐器，主要流传于彝族、哈尼族、苗族等。

42. 葫芦丝，主要流传于傣族、布朗、阿昌、德昌族及佤族等少数民族中间，是青年男女用此表达爱慕之情的乐器，音色特点轻飘，像远飞的鸟儿的鸣啼。

43. 篪，古代乐器，类似于笛和管的音色，可奏多种鸟鸣。

这些"乐器"，可以一人奏、两人奏、三人奏、四人奏，多人甚至十几人、几十人合奏。

阎福兴发明了一种"排笛"。

那是一种专门表现"群鸟"集会的用具，听起来，如群鸟在"说话"，但可清楚辨认每一种鸟鸣。

阎福兴还发明了一种叫"弓笛"的乐器。

奇怪的是，一般的笛子是直的，可他让其"弓"呈弯形。据说用它可奏出候鸟们离开夏季的土地和草原时的感受，那简直是逼真极了。

阎福兴还创出一种"宫笛"。

这种笛，专门奏出鸟儿寻偶和求爱的"爱歌"，什么鸟的语言在他嘴里，都得到了恢复和再现。

同时，阎福兴曾经创造出一种长笛，那就是一根3.45米长的巨笛。

吹它时，可以十几人，甚至更多人一起合奏，每个人可以尽情吹，但发出的声音却是各种鸟的歌声，真是不可思议。

这可能是目前世界上最长的笛子。

同时，阎福兴准备将这根长笛申报吉尼斯世界纪录。他还能让大家一起来和他进行"鸟歌"的合奏。

甚至，阎福兴发明了一种"鼻哨"，或叫"鼻笛"，是用鼻子来演奏的。不过发出的声音简直叫人不敢相信自己的耳朵，那是一种回归到大自然里的鸟的鸣叫。

其实当诸多的人能和阎福兴在一起的时候，大家首先想到的是沾沾他身上的"大自然"的气息，那是因鸟带给阎福兴的，而他也毫不吝啬地去把这种"福气"和"兴运"带给别人，带向世界的每一个角落。

多少年的追寻历程过去了，当人们听着他发出的一首首难忘而又动听的鸟歌，谁也体会不到他付出的那些艰辛，而其实这是人类自己在向自己的极限挑战。

人的一生不就是在挑战、在创造吗？

大自然永远把无比美好的东西留给那些关爱大自然的人。

第二篇　懂兽语的人

第一章
史上记载的懂兽语的人

传说只是传说，故事也只是故事，那么历史上有懂兽语的人吗？许多古籍书中记载，真有这样的人，清太祖努尔哈赤就是其中的一个。

清太祖努尔哈赤小时候叫小罕子，他聪明伶俐，而且和老虎是非常要好的朋友。就在小罕子十三四岁的那一年，他四处讨饭走到一个地方。这儿有一个县官，一看小罕子正是要捉拿的人，就命人把他抓了起来。

这时县官想，干脆我把他"处理"掉得了，以免日后出麻烦，于是就把他捆了起来。谁知道这县官的老婆在一旁看见了，问："你要把他怎样？"

县官说："杀掉。"

内人说："别杀。"

县官说："你要干什么？"

内人说："把他扔到虎圈里，我要亲眼看一看他是怎么让老虎一口一口吃掉的。"

县官说："好主意。"

原来这个县官平时喜爱老虎，让人捉了许多老虎养在房后的园子里，平时专门用来观赏；如果有谁犯了王法，县官也时常把他扔进虎圈喂虎，供人们观看。现在内人有这个愿望，他能不愿意吗？当下，他命人给小罕子解下绳子，由两个人抬着从两丈多高的虎圈墙上扔了进去。

小罕子从地上爬了起来，一看是老虎，他二话没说，就一顺腿骑上一只虎，还自言自语地问："这是谁家的大猫？骑一骑行不行？"

这样一说、一骑，老虎也真是温顺，让小罕子骑上后，就顺着虎圈跑开了。一圈儿，两圈儿，一连跑了十七八圈儿，一直跑得小罕子喊："停下！停下！俺有点饿了。"小罕子下了虎身，老虎却吓得贴墙躲在一旁。

县官和县官的内人看到老虎听小罕子的话，小罕子拿老虎只当大猫玩，就知道小罕子不是一般的人，只好把他放了。这则有趣的故事在《清史稿》和一些古籍中都有记载。

另外，在《三国演义》之中，记载说关羽、张飞、赵云、马超、黄忠为刘备的五虎大将，说他们也懂兽语。

据说医圣孙思邈通晓虎语，一次他外出行医，见一只老虎拦住去路，他欲走不得，欲退不能，于是对虎说："你是有事求我？"

老虎点点头。于是医圣走上前一看，是一根骨头扎在老虎的喉咙里。就说："你等等，我去去就来……"

他进城里找到铁匠铺打了一个"虎撑子"，塞在老虎的嘴里，一下子拔出了骨刺，于是老虎为了报恩，时常驮着他四处游医。此后，凡见行医人手持一个铁圈儿，边走边晃着，便视为"名医"，据说这就是当年医圣传下的"虎撑子"，是指这位医生医术高明，有给虎看过病的经历。

但是说的这些都是古人中的故事，那么到底现在人类生活中有没有真的懂兽语的人呢？

第二章
一个懂兽语的人

　　历史上懂兽语的人物，不过是存在于古籍文献当中，民间传说懂兽语的人，也只是活在各种故事里。而今天我要告诉大家一个懂兽语的人，他就生活在我们的身边。

　　他是谁呢？

　　在东北长白山腹地的十四道沟地区，有一个叫金学天的人，他懂兽语。他是第十一代狩猎世家的传人，爷爷叫金洪弼，父亲叫金达纯。他们一共哥四个，他是最小的一个。在他十岁那年，有一天，父亲从山上狩猎回来，他见父亲的嘴一会儿歪向东，一会儿歪向西，并发出不同的恐怖声音……

　　他以为父亲得病了，就问："这是怎么了？"

　　父亲说："说兽语。"

　　他说："怪不得俺听不懂！"

　　父亲说："你想听懂吗？"

　　他说："想。"

　　父亲说："学我！"

于是父亲的嘴怎么动他就怎么做，父亲发出什么样的声音，他就发出什么样的声音。父亲乐了，说："就教你了！"

从此他和父亲一块儿上山去"召唤"野兽，然后狩猎。

召唤就是使用野兽的"声音"把它召来，然后猎之，这属于狩猎人的绝技，也是狩猎人的品德。

为什么会说野兽的"语言"是猎人的品德，这一点我不太明白，金学天在他的窝棚前告诉我，猎人在山上狩猎要遵守山场子的规矩，不能出现"打亏情"和把"山场子打乱了"的事情。所说打亏情，是指猎人由于不懂野兽的语言，打了怀孕的母兽，或者打了正在"相爱"的某一只兽，这都是打亏情；所说的把山场子打乱了是指人不遵守"打季节"的打法，那就是"冬不打素夏不打荤"。

素和荤，是指动物的大小。

素，又叫"素菜"，如野鸡、兔子、山猫、地鼠等；它们身体小，冬天活下来已经不易，所以在严寒的季节里尽量不要伤害它们。

荤，又叫"荤菜"，是指老虎、狗熊、野猪、狍子等大的动物，在夏天时尽量少打它们。因为它们的体积大，打下后吃不完，肉不易贮藏，容易腐坏。

这些都是打猎的道德，也是"山场子规矩"。如果不按照这些行为从事，山里人就叫"把山场子打乱了"。原来狩猎有这么多"说道"，于是我决定跟他进山体验一下。

在东北长白山里，处处都有学问，进了山后，首先要学会看挂在树上的"语言"。这不是文字，而是一种符号，如果看不懂，就会招致大祸。人们称这种挂在树上的"语言"为"打树皮"。

打树皮往往是这样的：

打者用刀子或斧子在树上的枝干上砍一下，使树皮张开，但又不掉下来，然后猎人开始往上面"写"内容。

这就是"森林的语言"。

如在那张开的树皮上夹一根树枝，树枝大头指着的一方是东方，树枝的小头一方当然就是西了；而面向"打树皮"的一面就是南，背后的一面就是北，或者标明进来的路线。这种林中的方位，一个初进老林的人一定要懂。

打树皮一定要"打"在离地两米高的树干上，太矮了不行；太矮或太低容易被行走的野兽刮掉，这便失去了"打树皮"的意义；同时，太矮了不易被经过的人发现。

它的高度以最适合在林子里作业的人发现和使用为标准。

接下来，你要详细读这种"语言"了。

在树皮夹着的树枝下，一定还要夹着一束小束野花或野草。如果野花冲着"东"，你千万不要往东走，因为这是告诉人们东边有猎人下的"地枪"或"地箭"，你要硬着头皮前行，这些打野兽的武器会伤着你；如果野花的花冲着西，就说明西边有地枪或地箭。在表明南北有危险的时候，规则和树皮夹野花是一样，是将夹在树皮上的一端破开，在这段树枝上夹着野花或野草，规则也是花的一方有危险，根的一方平安。

打树皮在告诫初次进山的人这些事项之外，也在交代自己姓甚名谁。如果树皮的上方夹着一根蘑菇，这个猎人就姓赵，因为蘑菇像一顶小伞，帽冲上，"罩"住风雨，所以是赵（罩）。人们一见这个标志，立刻就知道："啊！这是赵家趟子！"

趟子，是指猎人狩猎的活动范围，也是告诉同伴们别进这个地带。

如果树皮上夹一根树枝，用刀削个茬口，茬口朝天，这是指吴姓猎人的活动范围，人称"吴家趟子"。吴字是"口"朝天，"口"和"天"字组成一个吴字。

当然，表示姓氏还有很多办法。在一般情况下，这种姓氏标志只是告诉狩猎同行，因都在一处活动，野兽也会减少，互相都有损失；再就是狩猎也讲究道德，就是先来后到，人家先在这个山头"打"了"树皮"，后来的人就要主动离开，去别处打树皮，不能在这儿活动了。

但一般的行人不管对方是谁，一般看见"打树皮"，就辨别哪一方是危险方位就行了。这往往是进山采参、采蘑菇或旅游探险的人，当他们一旦发现了这种"标志"，就会互相告诫，说："别动！前边有打树皮！"

这时把头（领头的人）就会说："别动！读读它！"

这读读它，就是看看标志，破译一下内容。这是很重要的事情。

因为只要猎人设下了"打树皮"，在他的狩猎活动结束之后，他要"撤树皮"，就是把上面的野花、野草拿下来，只留下"方位"标志。如果一个猎人为了独揽一个"山场"，他经常不撤"树皮"，这是指"亏情"树皮；明明没有地枪或地箭，他也做上这种符号，是为了不让别人进入他的领地。

但这个猎人的动机一旦被同行知道，他便在同行中丢了面子，从此在大家面前抬不起头来，因为这是不道德的行为。一般的情况下，猎人是不这么干的。

因为"打树皮"本身不但是告诫别人这个领地里的活动情况和内

容，也是在表明自己的安危，如果一伙采蘑菇的人突然发现了"死树皮"，就会吃惊地说："不好！死树皮！"

"快！找人去救他吧！"

死树皮，是指夹在树皮上面的野花、野草已经干枯，这说明设"树皮"的人一定出了事故，不是遇难了就是被野兽所伤，不能到这儿来"撒树皮"。

一般的情况下，三两天"树皮"就要撤换。所以如果在林子里作业的人发现了"死树皮"，一定要设法组织营救。当然，组织营救也是相当危险的，必须回去叫上猎手，带上猎犬，然后大伙一块儿进去。因为猎人没有及时"撒树皮"的原因，一是猎人被猎兽所伤，而地枪和地箭还安在那里，有危险存在，必须有懂行的人领着来处理；如是野兽伤了猎人后野兽并没有死，来者一不注意便有生命危险。

民国时期的一年夏天，长白山一伙采蘑菇的妇女在林子里发现了一个"死树皮"，她们下山领来了老猎手，带上十条猎犬进了"趟子"，结果发现猎人吴老二被地箭射伤的黑熊咬断了双腿，他已经奄奄一息了，要不是猎人们及时赶到，他就会没命了。

发现"死树皮"前往处理这就叫"救趟子"，救趟子的规矩是打到的猎物一定要送给后来的人一多半；而有时，猎人命保住了，什么一半不一半的；但是来"救趟子"的人也是讲情理的，往往还是送给猎人，因对方不是死就是伤，家属悲伤还悲伤不过来，还讲什么分一半不一半，往往是"救趟子"的人把猎物拉回来，送给其家属。这是山里的美德。

但山上留下的"死树皮"能给人留下无限的后患，有的人在山上迷了路，或年久日深发现不了"死树皮"，于是踩上了猎人早年下的地枪、地箭而丧了命，若干年后人们会在林子里发现一堆一堆的白骨。

所以，一般的猎人往往有承诺，自己上山活动，要让徒弟、家人或同行及时注意动向，万一自己遇难，也得及时撤掉"树皮"，不要让隐患留给大自然，宁可自己死亡，也要给别人安全。

"打树皮"习俗在长白山区和大小兴安岭一带十分盛行，也是一般常跑山的人必须要懂得的习俗，但是随着狩猎活动的逐渐减少，这种规则也在一点点地消失或变异，如"打树皮"作为一种"方位"语言还在老林里流行着，"读懂"它对我们在森林里行走或旅游还是很有趣的一件事情，特别对"召唤"野兽的人，什么时候召唤、召唤哪种野兽，都有很重要的作用。使用动物的"语言"往往是在很特殊的一种环境里，这是金学天告诉我们的一个很具体的感受。他家有一套（三册）叫《高兴》的手抄本，上面记载的是各种动物的"语言"，是他们家一代代传下来的。

第三章
金学天与动物的对话

一、牛的哭泣

在许多时候，懂得兽语之后人会发现动物世界充满诸多奥秘，那一年，金学天刚刚开始跟父亲学狩猎语言。这一天上山的人已组合完了，父亲就派他在家放牛。对于没有带他上山他有些生气，于是就气呼呼地把三头牛赶到山坡一块空场处，他自己则习惯地爬到树上睡觉去了。不知什么时候，他被一阵"呜！呜！"的嚎叫声惊醒，他从树叶的缝隙间往草地上一看，惊得他差点儿从树上掉下来，原来牛群已被森林中的豺团团围住，豺组成一个圈儿，有一两只豺偶尔冲进圈儿内逗一下牛，使牛不停地在圈内奔跑，已经累得筋疲力尽了。

豺，又叫"豺狗"或"豺狼狗子"，是森林中比较凶狠的一种动物，据说它可以吃掉老虎，那么比虎还大的牛它们怎能不吃呢？当时金学天是怀着一种好奇心去想这个问题的；而且他又生父亲的气，谁让你不带俺上山，这下可倒好，现在咱家的牛遇到了麻烦，而我又没有办法。

他正在胡思乱想着的当儿，突然听见豺的叫声变了，由原来的单声

"呜呜!"变成了"呜嗷!呜嗷!"声音,很齐,就像有谁组织的一样。

它们的这类叫声震得三头牛心慌意乱,牛在一愣时,突然豺自动分成了三个圈儿,不知怎么一下子将三只牛分开了,每个圈儿里是一头牛了。

牛开始后悔自己没有紧紧地挤在一起共同对付豺,在牛的"哞哞"哀叫声中,金学天也感到问题严重了。这时,本来只有小狗那么大的豺突然更加猛烈地在圈内赶牛,使牛累得呼呼直喘,而它们则轮流坐在草地上歇气,这时节,就见圈外一直坐在那儿的一只秃顶豺直起了腰,"呜嗷嗷!呜嗷嗷!"地叫着,意思分明是"让开!我来了!"只见它一个悬空从空中跃进圈儿内,竟然骑在了牛的身上,伸出一只爪子不停地摩擦牛的肛门处。也许是牛的末日已到,就在牛痒痒得刚一翘起尾巴,就见骑在牛身上的豺突然以迅雷不及掩耳之势将一只利爪塞进牛的屁眼子,接着使劲儿往外一拉,牛的大肠头就被它攥在了爪子里;然后这只豺一个跟头从牛身上跳下来,把牛肠子按在一棵树上。

这时,它"呜了!呜了!"地叫。

(意思是:"快来啊!快来啊!")

其他的豺也跟着"嗷了!嗷了!"地应和。

(意思是:"来了!来了!")

果然,豺突然一起过来,帮着抠牛肠子的这只豺紧紧地拉住牛肠不放开!牛疼得围着树狂奔,一会儿,大肠小肠血淋淋地一堆缠在了树上。牛望着自己那冒着热气的肠子,苦叫两声,一下子倒在了地上。

这时,豺又组成一个圈儿,大多数豺坐在草地上,看着先前去掏牛肠子的那只秃头豺先去撕开牛的肚子,抠下瞪着的眼珠和热乎乎的牛心牛肝，吃得极香；然后，它闪到圈儿外，于是其他的豺才一齐走上去开始吃肉。转眼间，林中的草地上就剩下一副骨架和一片血糊糊的泥草。

那天夜里天黑透了，金学天才哭着回到家，父亲知道了牛的结果也很伤心，但是庆幸的是儿子没有伤着，同时他从儿子的叙述之中，也更加了解了豺的生存能力和生存方式，这真是用鲜血和生命换来的体会，于是，儿子深深地记下了豺许多的珍贵的语言。

二、和熊对话

金学天每次传递动物的语言都附以动作，他认为动作和语言是同时发出来的。他说，黑瞎子（狗熊）说话是："咔咔！哞！"

他模仿熊的动作，双腿微微下蹲，两手耷拉下来，双脚一前一后地踩动着大地，向前走去，同时嘴里发出上面的声音。

他走动时，脚掌有力地踏着地上的草使尘土腾腾地升起，配合着他嘴里发出的嗷嗷的吼叫声，震得山谷发出巨大的回声。

他说，这是"召唤"熊，这是一种熊的语言，据说爷爷和父亲都是这样"召唤"熊的。

有一年，爷爷和父亲领着几名猎手去狩猎。那是一个严冬，满山的大雪，野外一片银白，他们在一棵巨大的老树上发现了出气孔，这说明，这里边住着冬眠的熊，东北熊的冬眠叫"蹲仓"，它轻易是不出来的。为了能捕捉这只冬季的肥熊，爷爷他们先是选了"叫仓"的办法。就是几个猎手在大树不远的雪地上架好枪，枪口对准树洞方向，然后派人去"叫仓"。

叫仓，是指一个人手持一把短斧，到熊居住的大孤树前去敲打，使熊在里边不得安宁，于是它便会气愤地奔出树洞，以便猎人寻机开枪射击捕获。可是这次也怪，不论叫仓的人怎么"叫"，树洞里的老熊还是无动于衷，于是爷爷说："用老办法吧。"

这老办法，就是召唤它出来。

父亲说："说些啥呢?"

爷爷说："告诉它，它的同类在这里，让它来搭救吧!"

父亲说："试试吧!"

于是，他们让一个人披上一张熊皮趴在雪地上，其他的人都端着枪领着猎狗隐藏起来，然后让父亲给熊"发话"。

等一切都准备好之后，父亲在离披着熊皮的人不远处的地方开始发出叫声："咔，咔咔咔咔! 咔，咔咔咔咔……"他连续这样叫着。突然，就听"哞!"的一声，树里的老熊一下子蹿到树半腰处的树洞口，探出头来观看。

熊很聪明，它只探出半个头，不肯再伸出身体的更多部分；而这时猎人千万不能开枪射击，一是目标太小，打不准打伤后，它会发疯一样拼命追赶猎人，容易伤人；再说，它只露半个脑袋，你就是打死它，它也会掉进树洞里去，猎人无法将它取出来，就在老熊看了看外面，又想回去睡觉时，父亲又"说话"了；这一回，他更加激烈地召唤老熊说："咔咔! 咔咔! 咔咔! 咔咔咔! 咔咔! 咔咔咔——"那意思是：

"我发现了好的东西! 你快来帮我呀!"

果然，树里的老熊终于往外一蹿，大半个身子已露出树洞，这时"当当"两声枪响，老熊一下子从树洞跌落在雪地上。

这次狩猎，他们是满载而归。

他们家族里有一本专门记载动物语言的家传狩猎经，一共三册，这是记载了他们家十一代的狩猎经验和动物语言的特殊的书，家人自己传承，不外传，不给别人看，书的名字叫《高兴》。

叫这个名字是因为狩猎使用书中的方法每次都能满载而归，所以人很愉快。

三、撵大皮

东北有一首民俗歌谣，说的是：

> 关东山，三件宝，
> 人参貂皮乌拉草。

其中貂皮，就是指貂的皮张。貂皮是上好的皮料，从前北方民族要以貂皮来进贡朝廷，皇上用貂皮来制作皮袄、帽子、套袖什么的，而捕貂又叫"撵大皮"。

貂就像雪地上"滚动的毛皮"，猎它时全靠"撵"，撵就是追的意思。初冬，山里下了第一场厚厚的雪，这时捕貂开始了，猎人带好行李和枪支就进山了。先是他在雪地上发现了"貂踪"（就是貂的脚印），然后就在这儿搭了一个"院子"（其实是为貂建一个场子，四周插着障子的四方院落），再在"院子"里挖上一口陷阱，追貂便开始了。

貂从这儿出发一直在林中的雪地上奔跑，它不走回头路，白天走，夜里住；猎人也要白天追，夜里住。直到第二年的春天，山上积雪开始融化，山场子泥泞了，它们会回到去冬出发的地方（院子——猎人为其设的陷阱）一下子掉在里面被猎人捕获，这称之为撵大皮。

金学天告诉我，这一冬天的追赶，就靠猎人与貂不停地"对话"，要防止貂不能走回猎人的陷阱，必须促使它走一条能回到"出发地"的路，这就是猎人在它的后边适时地发出"规劝"的讯号。如果被撵的是公貂，就发出母貂的讯号，这样的若即若离，让貂始终感到有伴在追它，并和它同行。

公貂追母貂时，不断地发出的语言是：

"咕！咕哩咕子！"

意思：我一定能追赶上你。

母貂追公貂时，不断发出的语言是：

"噜！咕噜咕子！吱！吱！"

意思是：我一直跟在你的后边，我们一起走吧。

总之，这些"声音"的性质和内涵都被金学天的家人和山里的一些有心的猎人所掌握，于是这些猎人成了山里的能人。

四、哥儿俩猎虎

冬季，长白山上铺上厚厚的雪。

一切鸟兽都隐藏起来，动物仿佛绝迹了。但为了生存，猎人们从祖祖辈辈对自然的观察中总结出对猎物的认识，他们采取各种方式来狩猎。其中很重要的一个方面是知道动物的心理。

金学天讲述的《高兴》，其中有许多方面是生活在自然中的人对动物心理的分析与研究的体会，是那么的重要和珍贵，属于人类的文化遗产。

金学天告诉我，在深冬，如果常常听到虎"噜！噜！"地咆哮，这说明它是一只孤虎，它失掉了伴儿。而这只虎，多半是公虎，捕它多用绳套。

我问他为什么，他说祖上在狩猎归来时，特别是冬季，常常手套着一个绳套，边舞边唱，而且围着爬犁上的死虎跳舞，后来他告诉我他是套的虎。

套虎在今天是不可想象的事情，这样凶猛的动物人怎么敢靠前呢？其实，《高兴》中就讲述人对虎的感受。

在那时，别说大人，就是孩子也套虎。

他说，爷爷告诉他，十二道沟有个地方叫大阳岔，家家狩猎。一天，新搬来一家猎户，大人都上山去了，剩下两个小孩在家。

俩小孩在炕上呆闷了，说："听！外面什么叫？"

风一住，外面传来"噜！噜！"的吼叫。

哥说："这是爹说的孤虎。"

"咱们套它去吧！"

"走吧。"

说着，俩小孩一个人拿着个套，一个人拿着把斧子，到山上砍吧砍吧就下上了套子。

俩小孩在山上玩了一会儿就回家了。

娘说："你俩上哪儿去了？"

"上山撒泡尿。"小孩说。

第二天一早，俩小孩一人拿了把小斧子又走了。他们不知道，就在昨天夜里，一只花斑大老虎上了套，俩小孩走到那儿一看："哎呀，谁家的小花牛被勒上了！"

"好像大黄狗！"

"狗也不太像！"

老虎见了孩子，带着套子又蹦又跳，把林子里的雪扑腾得冒起烟。俩小孩说："吓人，走吧！走吧！"回去，他们就跟爹爹说了。老爹一听，从嘴里拔出烟袋说："套的是什么？"

俩小孩一口咬定："不是牛就是狗！"

爹迅速把烟袋别在腰上说："走！"

爷仁拿着土炮上山了，到那儿一看那家伙已经折腾死了，爷仁把老虎拖下了山。

于是当地流传着这样的顺口溜：

> 大阳岔，实在富，
>
> 小孩也能逮老虎。
>
> 不用枪来不用炮，
>
> 一把绳子一把斧。

其实这是猎人之家从冬季的虎叫声中判断出虎是孤虎，这种虎多为公虎，没有伴，它喜欢单独行动，冬季食物缺乏，往往处于饥饿状态，不注意观察套子和地枪，于是就连小孩也能逮住它。

而在一般的狩猎家庭之中，大人的狩猎经验和习惯也会自觉不自觉地传承给后代，这也是很自然的事情。我们从"俩小孩套虎"的事情中也感受到山民对虎的观察和体会之细，而且也感受到虎的凶猛之外的有趣和笨傻，而这也是动物的天性。

《高兴》中描述了诸多动物的天性。

当猎人打虎归来，猎人的舞蹈中有"滚地"的动作，就是猎人围着爬犁，时而翻身倒地，打个滚，挣扎一下，然后跃起，再跳蹦，然后再"滚地"。

金学天讲了猎人带猎犬去猎虎的事情。

据陶勉先生在《鸭绿江三百年》中记载，其实虎有很幼稚胆怯的一面，使人感觉到这是自然的真实。其实，任何动物都是怕人的。

人们也觉得有许多动物，人们不去碰它，它其实也不会伤害人。那一年，在白雪皑皑的针阔叶混交林地带，有母虎带领两只幼虎快步奔跑，这时一群猎人协同猎犬在后面紧紧追赶。猎人们大声呼叫，做出巨响，还呐喊或放枪，逼迫母虎离开奔走得已十分疲惫而且陷在深雪中的幼虎。

这时，疲乏的幼虎好不容易找到了一个灌木丛隐蔽起来，母虎开始采取防御行动了。可是，凶猛的经过训练的猎犬试探着、狂吠着前进，缠住母虎，向它围攻，母虎拼死地保护着孩子们，几只猎犬死于母虎利爪的猛击之下。猎人们举起长长的叉棒和绳套，紧随活着的猎犬从后面逼近，他们把带着的棉衣和其他物件抛向走投无路的母虎和小虎，母虎和小虎被弄迷糊了，向这些破棉衣扑去。

这是动物和人的决然不同，也是它们死亡的开始。就在它们紧紧抓住那些破烂不放时，有经验的猎人立刻奔向被猎犬缠住的两只小虎，并用叉棒轻而易举地把它们按倒在地上，捆住了它们的嘴和脚，可是，母虎看见孩子们倒了，于是它疯狂反抗，企图摆脱困境，但最后还是被猎人逮住了。

任何猛兽，都怕响动。

这指那些超出于平时一般的声响，会使虎等大动物震惊。这是第一种狩猎方式。

打虎的方法之二是"锣鼓阵"。

成群结队的猎人在出猎前，要探得老虎的藏身处，也要观好"山相"。

山相，指山的走向和长相。走向是两山夹一沟，便于包围；长相指山上林密但不十分陡峭，便于猎人包围和奔袭，虎又跳不过去。

猎人们带好锣鼓，向老虎发出声音的地带靠拢，缩小包围圈后，全部隐藏好。这时，老虎开始在山谷里出现了。于是猎人们同时敲打锣鼓，山谷里回荡着震人的响动，却不见人影。

其实老虎平时也是最怕响动的，每逢阴雨或霹雳雷鸣，它们往往都吓得四处奔跑，如今一听到遍山的锣鼓，更吓得如离弦之箭，一面惊吼，一面率领幼虎猛逃。但是，它往哪边跑，哪边的锣鼓就猛敲，老虎不得不不停地改变方向。由于山势和沟势使它无法逃脱出去，跳来奔去，它们便累得精疲力竭，只好卧在地上。这时，猎人放出带来的猎狗，猎人也紧随其后冲上去，用一种猎具"铁脚索"将虎的四脚绊上，再用铁丝笼头戴在老虎嘴巴上，然后放心大胆地将疲乏的老虎抬回村里。

五、唐打虎

模仿野兽的语言，把它引出然后袭击，这是从前山里猎人使用的重要方式，因此金学天对祖上给他传授鸟兽"语言"，感到是很正常的事情。

我问金学天，你们请过狩猎的高手吗?

他说请过，还是爷爷在世的时候他们请过一位叫唐打虎的人。

唐打虎是一位老人，名叫唐振奇，住在离十四道沟八十二里的江岗花园村。当时十四道沟一带虎闹得很凶，常常追得猎人和猎犬四处奔逃，住户更是不得安宁。于是爷爷金洪弼决定去请唐打虎。

唐打虎在长白山里是出名的打虎能手，可是爷爷并没有见过他，这天，爷爷领着十几个族人前往江岗的花园村去请他。

进了村，天已近黄昏了。

只见村口有一处土屋，昏暗的松明光下，一个老汉正在推石碾子压玉米。

爷爷上前打听："老爷子，你知道唐打虎家住在哪儿吗？"

老人手里的活不停，反问："你找他干啥？"

"打虎。"

"打虎？"

"对呀。"爷爷就把近日十四道沟一带闹虎灾的事说了一遍，又加了句，"大虫太凶了，人们简直没法活了。特别是一只叫'胖子'的家伙，太狠，所以得请唐打虎。"

"我就是。"老人一边用破撮子收着石碾子上压碎的玉米，一边头也不抬地说。

他这一句话，爷爷后来说，差点把他惊倒，这人怎能是唐打虎呢？在他的想象中，唐打虎应该是一位又高大又魁梧的汉子，而眼前的老汉不但是个矮子，而且还驼背，胡子花白，眼睛还瞎一只。

老汉见大家有些迟疑，仿佛也看出了什么，于是便问："你们看我行吗？"

"行，行吧……"

大家当时互相瞅瞅，点头说着。其实是不得已而为之。

谁知老汉倒挺爽快，他拼命咳嗽一阵，说："你们等着，我去把我助手领来！"然后放下家什就进了村。

不一会儿他回来了，领来了一个呆头呆脑的孩子。那孩子也就十三四岁，个头矮小，浑身上下没有一丁点精灵劲儿，大伙都觉得这是找错了人了。再一看，他们爷俩竟然连枪都不带，就带了一把小斧头！

但是人已经请了，又不能说啥。

那时没有路，大家爬了一宿的山，赶天亮到了家。奶奶知道爷爷请来了唐打虎，早已备下酒菜，说吃吧，吃完好上山。

可是老汉和小孙子不吃不喝，只说等打虎回来再说。大伙简直不相信自己的耳朵，只好领他们上山。

这一老一少进了山，走一程，小孙子使鼻子往前嗅嗅，对爷爷说："大虫就在前边睡觉呢。"两人停下来。

小孙子在一堆矮树棵子里猫好，老头却选了一块比较平坦的开阔地，站在那里。

这时，老头手握小斧头，把嘴一咧，学开了虎叫。

"喔哇！喔哇！"

山林里，起初静静的，连风声几乎都停了。大家也停止了呼吸，猫在暗处，观察站在那里的老汉。

突然间，林子里起了风，刮得树枝哗哗响，大片的绿叶漫天飞舞，一只老虎从林中蹿出来。这虎前脚腾空，尾巴扫地，直向老头扑过来。正是那只伤人害畜的"胖子"。

老头却还是一动不动，他一边嘴里不停地发出老虎的叫声，一边把准备好的锋利手斧举过头顶，两手紧握斧头，双脚像扎根一样牢牢地钉在地上。一眨眼，老虎从他头上跃过，随后扑通一声栽倒在地，再也没有起来。

小孙子从树棵子里跳出来，机灵得像只小猴子，跑到爷爷跟前，从一个小葫芦里倒出一点什么水，在爷爷脸上那被虎尾巴扫破皮儿的地方一点，那伤立刻好了。

老头这时喊大家，都出来吧，没事了。

大家从草丛、树棵里走出来，胆突突地上前一看，只见老虎从下巴到肚腹的尾腚，一条线齐刷刷地被划开，鲜血五脏流到了地面上，已经断了气。

唐打虎没闪腰不岔气地告诉金学天的爷爷说："这种打虎法儿不伤虎皮，一张全皮可卖个大价呢。"

后来，爷爷把唐打虎请到家，向他学了打虎的绝技和几种虎叫。这真是一个奇特的打虎故事。

六、声音是自然界通用的文字

自然界中声音是很重要的。

首先带来声响的是风声。一年四季，风在林子间奔走穿行，在平原和村庄里刮过；大的时候，它把参天大树折断或者连根拔起，把冰雪挤堆在一起，形成了一道道雪坎或冰溜。人们听到声音，就知道以后自然是什么样子。小的时候，风轻柔地吹着人的脑门，驱走狩猎者身上的闷汗，能给人深刻的记忆。然后是雷声。一般的人都熟悉了这种自然所带来的巨大响动，当闪电过后，人开始在短暂的瞬间寻找躲避的场所，以躲过这巨大的震动。因此人开始躲避和接受这种感觉时，也便开始了对自然的认识。

这个过程越久远，人类模仿、传递、接受、改造它的机会也相应地越多，于是人的学声阶段也就开始了。而这时，著名的人类文化学家马林洛夫斯基（英国）称之为人的"精神能力"产生时期。人自己也是自然。

其实，自然界的风声、雷声、雨声和一些响动，都是人类生存的环境，人类的"物质设备"。马林洛夫斯基的《文化论》（费孝通等译，中国民间文艺出版社 1987 年北京版）中讲到，人因为要生活，永远地改变他的四周环境。在所有和外界重要接触点上，他要创造器具，构成人工的环境。他建筑房屋或构造帐幕，他用武器和工具去获取食料，不论繁简，还要加以烹饪。他辟道路，并且应用交通工具。若是人只靠他的肉体，会很快地因冻饿而死了。御敌，充饥，运动及其他生理上的、精神上的需要，即在人类生活最原始的方式中，都是靠工具间接地去满足的。世界上是没有自然人的。

懂野兽语言的金学天老人在讲述《高兴》时有许多处记载了自然声，其中他在用"转身"来描述时，让人眼花缭乱。

他站立正中，然后右脚的脚掌慢慢抬起，当左脚立地时，他双手抱肩，闭上双眼，嘴里发出"呦！呦！"的响动，于是全身开转。我见他转的速度越来越快，快得令人难以置信。最后他甚至像民间的芭蕾舞演员，竟然将脚尖着地，使身体越转越快，嘴里发出"哗！"的一声响动，他倒下了。

当我问他这是什么，他说风啊。

这真的是风，应该是从前老林中的风的模拟杰作。而这种模拟自然的重要的形态，该是多么的神奇。同时，他的声音和舞姿记载了长白山区从前风的独特的历史。

长白山的自然景观有许多是风的作品。地处长白山西南坡的长白县刮西南风，这是因为大山挡住了来自海上的风，使带有亚热带半湿润大陆季风在春秋两季时而狂暴肆虐，时而沉稳平定。从清康熙元年（1662年）到解放初，有文字记载的"风灾"不下几十次。山里的大风暴常常将林子间刮得暗无天日，把成片的巨树连根拔起。

风又去塑造种种自然景观，让人去发现林中的秘密。

在这儿，著名的长白山大峡谷就是风的杰作，又是风将其展现给了人类。1989年7月末的一个下午，长白山区西南天空突然堆起厚厚的云层，浓云滚滚地向山口涌动，紧压山尖和树梢，明亮的天空立刻黑下来，一直是大白天也伸手不见五指，人和鸟兽赶紧躲避起来，以为是一场大暴雨要来。

而且，老林子里冷风嗖嗖，冻得人、兽都紧缩着脖子，一股土腥味儿浓浓袭来。这是大雷雨要来的前兆。

可是，雨没有来，却突然刮起了狂风。那风是旋风，打着呼哨，把几个人才能搂抱过来的大树连根拔起；老林里巨雷连着霹雳，树木成片地被折断；长白山西坡东边防站的水泥房被掀走；房屋大的石块被刮得打转转；被大风卷起的野猪和鹿成群地摔死在梯子河里，堵塞了水道；山水泛滥使松江河水坝险些决口……

大风一直刮了三天三夜。

第四天头上人们才发现，老林子突然亮堂起来，原来一片片大树被刮倒，森林成了贮木场。究竟有多少树木被刮倒难以统计，初步估算有七个林业局的几千公顷的林木遭到不同程度的破坏。

1989年8月20日，一支由15人组成的长白山森林考察小分队由白山市（原浑江市）出发，经三岔子、抚松、松江河进入深山老林。

十几天过去了，小分队吃住在原始森林中，并渐渐地靠近了长白山主峰。

一天，他们离开东边防站往西南行进20公里左右处，安下窝棚，然后编队离开老林。当他们进行到计时表显示距窝棚25分钟路程时，一名队员指着右侧突然喊道："看哪！这是什么地方？"

人们急忙向这儿靠拢，待聚集一处向旁一看，大伙简直惊呆了，一条森林大峡谷出现在人们面前。这是一条十分宏伟壮丽的大峡谷，队员们用目光预测最宽处有300多米，最窄处仅有几米，垂直深度120～150米，锦江源头水在谷底奔流，只听见哗哗响声，不见水流。原来狂风把无数根大树卷入谷底，从上面望下去，大树就像一根根火柴棍，横七竖八地堆插在谷底。阴凉的冷风从谷底卷上来，就是大夏天也冻得人直发抖。几只苍鹰在谷底盘旋着，嘎嘎地鸣叫着，使峡谷显得神秘而苍凉。

峡谷两侧，特别是底河两岸矗立着一座接一座造型奇特的小山峰，有的像月亮，有的像骆驼，有的像金鸡，有的像观音，有的像母亲抱着婴儿，有的像姑娘依偎着恋人……这是亿万年山水的冲刷、山风的席卷而形成的大自然的杰作，可称为是鬼斧神工造就的大自然景观，是罕见的山峰艺术博物馆。这确实是"大风"让人们发现的一处秘境。

为了向人们报告这惊人的发现，他们又沿着峡谷行走了约20公里，还是不见该峡谷的尽头。预测一下此处的位置，大约距长白山主峰西南30公里左右，北纬42.5°，东经127°51′，是锦江上源。此处有好几个林场，多年的森林采伐，却没人发现这一奇特景观。预计此峡谷约有60公里长，属于火山爆发时期形成的地裂带，加之山水和山峰的冲刷而成。可是任何古籍和乡土志中均不见对此峡谷有所记载。

大峡谷两岸森林茂密，树干笔直而巨大。此外，平均海拔在800～1200米，属针阔混杂地带。谷底山峰奔走，谷上低温潮湿，树木长满青丝苔藓，蛛网般的白丝挂在林子里，蘑菇也呈鲜红、翠绿、金黄等五颜六色，闪着光泽；花脚蚊子比小蜻蜓小不了多少，"嗡嗡"叫着在林子间飞来飞去。情景有点像长白山里的"干饭盆"。

这里好像一处童话般的世界，环境完全呈现出史前时期的形态。使考察小分队更为惊奇的是，他们在那条大峡谷的谷底和谷壁发现了许多奇怪的记号。这些圆或长的记号像人的脚印，但又比人的脚印大得多，每个足有0.6米到1米大小，而且都是成双成对的排列。有的形成三角形，有的形成平行四边形，有的形成"弓"字形，但都是断断续续的，时隐时现，而这些地方根本就是人迹罕至。

那么，这是什么脚印呢？

长白山里有这么巨大的人类吗？古籍上记载过长白山里有"野人"和"猫人"，难道是他们的行踪？如果是动物的脚印，那么只有巨熊和恐龙的脚印才这么大，可是这么大的熊和恐龙早就已绝迹，那么这是远古时期的遗迹？

还有人认为这是一种神奇的符号，是外星人留下的属于地球人不能读懂的文字。总之，这是一个谜。大峡谷里奇怪的符号，还有待于考古学家、人类专家、古生物学家去进行综合的考证才能最后下结论。

长白山大峡谷是世界级的神奇大峡谷，是一座立体的自然雕塑博物馆。这儿纵横绵延，千峰竞秀，层峦叠嶂，气象万千，真可谓人间少有、世上难寻的一处奇域。

大峡谷是风的杰作。那些奇怪的脚印，想来也是风力所形成。可是从前，文字很少记载这么具体，倒是金学天的风舞，用声音和动作，把这个地域的奇特的事件记载了下来。

七、狼的情况

在长白山区，凶恶的狼经常窜入到树木稀疏的林子边缘人家里，伤害人畜。有时它们趁女人开门抱柴火就从门缝溜进人家，藏在人家房梁上，等夜里作怪；它们会机警地蹲在人家的水缸里，头上扣个葫芦瓢躲藏着；他们常常欺负孤单的出门在外的大车……

一回，金学天和一些人赶车到县里去拉货，途中一个新赶车的小老板发现路边的草棵里卧着一只狼，他摇着鞭杆，突然啪的一鞭向那狼抽去。本来当地有一种规矩，当狼（特别是孤狼）没有惹人时，人最好不要惹它。果然，当这个出车的新手不知规矩打了这个家伙后，就见它一下子往后跳了一下，然后将头往地上一拱，就把嘴插进土中叫开了。

"唉——唉呜唉呜！唉唉呜呀唉呜呀！"

那声音，难听极了，让人浑身发麻。

金学天说，狼是在"喊"：

"来呀——快快地来吧！他们不按规矩，欺负我啦！"

不知分析它嚎叫的内容对不对，可这明显的音阶是这样。果然，当大车刚刚走出一里地左右，就见车的后面，无数只狼闪着绿莹莹的眼睛追了上来。有经验的车老板立刻让人们停车御马，把车和货物当工事，并派一个人骑快马去送信邀人，其他的人守在原地。人狼大战立刻开始，狼群在那只老狼的嚎叫"指挥"下，不断地扑上来，人们最终点燃了大车、皮袄和衣物拼命抵抗，亏得一队巡山的解放军路过这里援救了他们，才赶走了狼群。

金学天记下的狼的这种召唤同伴的音阶，后来他多次使用。在山里，猎人们都喜欢穿一种狼皮背心，这是一种特殊的狼皮，要从活狼身上扒下来，但是要获取这种狼皮，猎人一定要大胆，并且得使用狼的语言。往往是猎人先观察狼窝狼洞，当狼生下崽子，在大狼出去觅食时，猎人要偷偷溜进狼洞，学着大狼的叫声靠近小狼，然后手使一根钢针，将小狼的眼睛一一扎瞎，再退出。这样，大狼们便始终弄不清小狼为什么看不见东西，但还是照样哺养它们。一个夏天过去了，瞎狼们一个个长成大狼，但它们瞎还是不敢出洞，这时猎人要趁老狼不在时再次溜进洞，用袋子将瞎狼一只只装来，回来吊在树上活着剥下狼皮。

据说这样的狼皮做成的褥子或背心，人穿在身上或铺在身下，一有什么意外即将发生，狼毛会立刻扎人报警。这是一种动物皮毛神经的自然反应。但是获取这种皮张，必须要学会动物的"语言"。

金学天有一件这样的背心。

那上面的狼毛发出蓝色的光泽，很柔软但又有韧性，真是一件宝贝：他给我发出狼的叫声，叫人浑身发颤，直打哆嗦。

八、长白沙蛇

在长白山的老林子里有一种蛇，它的个头不大，但长得粗短，在草地上不是爬，而是滚，特别是在一些寸草不生的山坡和林间的沙土地上，它竟然能很快地行走，人称这种蛇为"沙蛇"。

沙蛇的叫声是：

"吭吭！咝咝咝！"

"吭吭！咝咝咝！"

沙蛇是一种伤人的毒蛇，它浑身长着一种细小的甲片，上面闪着黄金的光泽，如果人在林中走一旦被沙蛇咬上，要立即用刀子将被咬的肌肉割去或剜掉，不然毒会立刻充满人身，不治而亡。可是，沙蛇却能克住森林的刺猬。

在这一带的山里，人们喜欢种土豆和地瓜，可是这就成了刺猬祸害的目标。

刺猬极喜欢青嫩的土豆。

在 5 月份，农人和山民在自家的土地上栽下了土豆，几场春雨下来，土豆开花，结出了如鸡蛋大小的白嫩的土豆时，刺猬就来了。

这种动物先是把自己隐藏在土豆秧里，人们在远处很难发现它，然后它就像犁地一样，在垄的一头开始寻找土豆。

它的嘴又硬又尖，它把嘴插进土里，使劲儿一噘，一颗土豆秧便连根拔下，它开始啃食土中的嫩果。

可恨的是，刺猬吃饱了之后，还是不断地去挖，直到把一块地的土豆全部挖完。

这一带的人气坏了，可是到地里一找，刺猬们会"地退"，它们一听到动静，就会立刻缩进土里去，人们很难发现。而捕捉刺猬的能手却是沙蛇。

本来，刺猬是不怕蛇的。

有许多种蛇，它们一见了刺猬便立刻逃走，可是沙蛇却有专门对付刺猬的"绝招"。沙蛇由于专门擅长在沙土中行走，首先它就具备了对付刺猬的特性，再由于沙蛇的尾巴上有一个小口，它能从中滴出一种毒水，那种极刺鼻的气味让藏在土里和草丛的刺猬一嗅就受不了，于是爬出地面，舒展身子后开始咳嗽。这时，沙蛇们用自己带甲的重重的身子一拍，刺猬便乖乖地昏倒在地，沙蛇便会从它的脖子处去叮吸刺猬的血。

一条沙蛇一宿之间可以吸二十几只刺猬的血，这也是自然界中的生物链；可这个规律对人们保护土豆、地瓜的秧棵植物有利，于是金学天就掌握了"召唤"沙蛇的本领，每到春夏之交，他便为各家的山地召唤沙蛇"吓唬"刺猬。

他往往是把手指放在嘴边，就像要打口哨一样，然后发出沙蛇的叫声。有时引不来沙蛇，刺猬一听，吓得赶紧逃进山林里去了。

金学天召唤沙蛇时，往往带着家狗。

他家的一条大花狗跟在他的后边保卫他，一旦有了沙蛇，狗就能给他带来安全。沙蛇往往在夜间喝刺猬的血。第二天一早，村上人要上山，挎着筐，将刺猬的尸体一筐筐捡出地里，然后挖坑深埋，被沙蛇咬死的动物不能吃，已有了毒，也不能让狗动。

九、赶走狐狸

我很奇怪，每当他召唤各种动物时，他都要附各种动作，不这样他就发不出这种声音。我问他为什么，他说祖先就是这样传下来的。这可能有很深的地域原因。

有一次，我们又提起了狐狸。

在山里，狐狸是经常出来作怪的。

他说他的邻居一家，有一次老头出去干活，在路口捡了一只小动物抱回了家。这一家人很喜欢小动物，就在炕上养起来了，一来二去，这个小动物长大了。老头平时没有别的爱好，就是喝点酒，他有一个大酒瓶子，平时总是装满了酒放在柜盖上，可是这些日子，老头的酒总是少，于是老头就和老太太吵架。

老太太委屈，她不会喝酒哇。

就这样，老头也奇怪了，他决心看看是谁总偷他的酒喝。这天，他扛起工具，说是上山干活，转身就进了屋后藏了起来，老太太也假装下地喂鸡，老头在房后的小窗子往里一看，只见他捡回的那条"小狗"正在坐在柜上一杯一杯地倒酒喝。

原来，老头捡回的这是一只狐狸，现在它长大了，来闹腾人了。于是这天晚上，老头炒了两个菜，在桌子上摆上两杯酒，对狐狸说："小黑呀！我捡了你，养大了你，可你却天天偷我的酒喝。今儿个你别偷着喝，来，咱俩儿喝一盅！"谁知，那狐狸一听，"嗖"一声蹿下炕，逃走了。

可是从那以后，这家人家不得安宁了。

不是今天鸡丢，就是老人得病，大家都说这是狐狸给闹腾的。大家都知道金学天懂兽语，邻居就找他给想想办法。

金学天只好答应了，那天，金学天来到邻居家，他一进院子就发出"唬！唬！"狐狸的叫声，然后就跳开了"山狐舞"。

他从院子里一直跳向山上，有一整套的完整而连贯的动作，看得人眼花缭乱，他却十分认真。果然这家人开始平静了。

后来，他又一连串地这样"跳了"几次，从此这家就再也没来狐狸闹腾他们。于是，我的理解是，他用动作、姿势来传达"召唤"，是一种强调，给人的意图更加鲜明。

人类的祖先自从成了万物之灵长，他们的主要生活来源是靠采集野菜和捕捉各种野生动物、鱼等等来维系生存，这时，他们掌握动物的语言是为了摸清动物的活动规律，从而便于自己去捕捉；随着时间的延续，他们对动物"语言"的破译功能越来越强，对动物在自然界和各个季节、时期的活动规律也摸得一清二楚，于是他们也开始适应自然。猎取动物的狩猎活动也引发了人们对动物的观察和对动物心理的分析，那些动作都是来自他家的那本特殊日记《高兴》，那是一本全面记载北方猎人狩猎活动的行话隐语书，包括每一项动作意义的解释，但至今书的全部内容仍然是一个谜。

我问他《高兴》的实质内容，他说就是日记，是祖先们每一天从山上回来后吃完了饭，大伙围在一起，一边跳一边讲述的狩猎体会；我问为什么要跳？他说那完全是在述说。再多的奥妙，他也不知道了，人们就是"高兴"。

《高兴》，这是多么重要而珍贵的一部著作！

十、老人和鹿

最可惜的是在"文化大革命"期间,他家三本描写狩猎动物"语言"的手抄本被红卫兵给焚烧了,从此,《高兴》没有传下来。

现在,长白山已成了自然保护区,人们不再去狩猎了,而且对动物还要加以保护。这时,金学天也已经老了,晚年,他得了老年病症,整天孤单地待在屋里,谁去看他,他眼中含着泪,但还是给我们讲从前的故事。

他还是给我们学动物的"语言",但已病得嘴和脸上的肌肉都不灵活了。

可是那时,还有动物来看他,那是一只老鹿,他和这只鹿有一段难解的情缘。说起来,那是十多年前的事了。当时,长白山里的一切动物都在保护之列,可是这一带突然来了一群野猪,这些野猪开始祸害人们的庄稼,村长就让大家捕一些野猪,因这种东西多了,也不利于自然的生态平衡,于是几名年轻的猎手就在林子里挖了一口陷阱。

这一天,一个年轻的村民跑到金学天的家来说:"金大爷,你快去看看吧!有一只野猪掉进陷阱,可是还有一只鹿也掉了进去,但是,鹿已经被野猪咬伤了。"

他听了,二话没说就上了山。

果然,那只凶狠的野猪已被人困住。

可是,由于鹿是和野猪都落在陷阱里,鹿已被野猪咬伤,金学天就对年轻的猎手们说:"这只鹿就归我了。"于是他就把鹿抱回了家。从此以后,他就和小鹿朝夕相处,而且,他的会动物语言的本领也派上了用场。

那是一只可爱的小鹿，它刚刚失去妈妈，不吃不喝，可是，金学天有办法。他到林子里的一家养奶羊的人家打来鲜奶，灌在一个小奶瓶子里，然后一点点地去喂它，每天还给小鹿吹鹿歌。那是一种哨，叫"鹿哨"，这是从前他"召唤"动物的拿手好戏。

"鹿歌"让小鹿听得入了迷，它以为老人就是它的亲人，于是整天依偎在他的身边。后来有一天，小鹿终于好了，于是老人将它送到老林子边上，挥挥手说："鹿，你走吧。往后可要留心！"

鹿欢快地从他的身边跳出去，奔进老林，然后又跑了出来。它回到金学天身边，把头贴在金学天的身上，轻轻地拱着。

金学天说："走吧！想我再来。"

鹿"呦呦"地叫了两声走了。

接下来一件奇怪的事情发生了，那只被金学天救过的小鹿时常来他家串门，而且常常一夜一夜地待在金大爷家的院子里。许是它奔累了？跑饿了？

每次鹿来，金大爷都像迎接远道而来的孩子一样高兴，喂它、饮它，然后放走它。甚至，有一伙偷猎的人想出高价买这头鹿，被金学天痛斥一顿，他们才溜了。

一晃，十几个年头过去了。

金学天老了，鹿也老了。

就在金学天病重的日子里，鹿始终不肯离开金家的院子；当金老人病得昏迷不醒时，鹿便"呦呦！"地哀叫，叫得村人们也都跟着掉泪。

这一切，都是一个真实的故事，皆因老人曾经懂过它们的语言。想想我们的祖先一开始不就是靠采集野果和捕捉各种野生动物、捕捞鱼类来维系生存吗？那时，他们掌握动物的语言也是为了更好地生存；逐渐地，他们对动物"语言"的破译功能越来越强，对动物在自然界和各个季节、时期的活动规律也摸得一清二楚，于是人也开始适应自然。

从猎取动物引发了人对动物的观察，从而也增强了人类对动物的理解，增强了人类保护自然的意识和功能。

因为人本身也是属于自然的。

就像金大爷病得吃不下东西时，那只鹿也不吃不喝，最后它看着一天比一天病重的老人，它悄悄地在村头的林子里"落草"（死去）了。

老林子依然是一片老林子，长白山依旧那样苍苍茫茫，人与自然相互依存的故事也在代代相传下去。

第三篇

懂马语的人

说起来，那是很久很久以前的事了。那时候，长白山披着皑皑白雪，整日刮着呼啸的冷风。山上雪厚冰坚，一直到第二年的 7 月时，冰雪才渐渐融化，当背阴坡还残雪点点时，南坡的雪水使许多小草发芽，各种小花都开放了，大山就成了花的海洋。一片片盛开的金达莱，抖着精致细小的叶，像火一样涂红了群山。它又叫映山红，是这里独有的，特别愿意开放在松花江源头的长白山瀑布两侧。这时，从天池飞泻而下的瀑布，带着大山冰雪的气息，带着映山红花的花香，从山顶奔下，转而形成白河，二道白河，头道松花江，到达了两江口，在这儿，江水更大了，形成浩浩荡荡的松花江，湍急地冲进高山，流淌进万年古林里。

　　群山起伏，林海延绵，江水在默默地奔流。黑森森的树林渐渐地不见了，树木开始稀少起来，眼前一点点豁亮起来，原来，江水已流出森林，前边是一片绿油油的大草甸子。青草和天边的白云连在一起，一望无边，白亮亮的大江就从大草甸子上流过去了。就在这个地方，有一个懂马语的人，叫杨三，一个奇特传奇的故事就此产生。

这片大草甸子的中心地带，有一个小村子，村边上长着七棵大树，村口的石碑上刻着几个残缺不全的字"七塔木"。

这是村名，可外来的人都觉得奇怪，七塔木，"塔"在哪儿呢？而且，还"七塔木"，后来一打听才知道，这"塔"，不是真的塔，而是指那七棵大树像塔一样高大、伟岸，所以称"七塔木"，又叫"七大树"，也有叫"其塔木"的。于是这村子就这样留下了这么个奇怪的名字。

但其塔木，其实是满语——豪猪之意。豪猪是这一带的特殊野生动物。这一带，有一条河叫"豪猪河"，所以就称为"其塔木"啦。

但说奇怪也不奇怪，七棵大树的特点很鲜明、好记。又由于其塔木是这片大甸子的中心地带，聚居的都是满族村屯，从前，这里的满族人家都以捕鱼为主，并为朝廷进贡，康熙九年（1670 年）之后，朝廷在这里设立了"五官屯"，经营农牧，种植谷子、高粱、大豆等，为朝廷贡品。后来，又有不少中原来的关东人家也在这儿住下，各族百姓一块儿狩猎、捕鱼、种地，这也使其塔木更加繁华起来了。南北二屯的人来来往往都必须经过其塔木，于是渐渐地，就在其塔木村中的一个地方形成了一个大集市，这里的村民不约而同地就把其塔木定成了集市，这是根据村民自己的习惯，每一三五或二四六日子，就成为其塔木大集，届时，各村屯的人都到这儿进行交易，或以货易货，马匹、牛、驴，各种农具，爬犁、镰刀和锄头，日用杂货，年节的供品，烧纸、香、蜡烛，真是应有尽有。一年四季，各种种子、粮豆更是这里主要的交易物品。因为其塔木产粮，粮豆、谷米最多样，吃啥可买啥。

集上最红火的是各种作坊，什么铁匠炉（又叫小烘炉，打制农具和家庭使用的铁器），木铺（专门打制各种桌凳、大柜、箱子、祖宗匣、祖谱盒子、木器），还有粉坊、油坊、豆腐坊、纸坊、染坊、烧锅、家家开业，热闹无比。

集市上，除了卖东西的，还有"工夫市"。这工夫市，就是一些找活干的人自己集中到集市的西头一片空地上形成的，男女都有。每个人跟前撂着工具，什么锯子、锤子、斧头、棒槌、墨斗子、纺车子，表明他（她）是干木匠活、种地的长短工、浆洗衣服做家务活的保姆，或是给人家专门干杂活的小打、用人，都通过这些工具标明自己的身份、手艺。至于价钱，统统由招工和出卖手艺的人去谈、去定。在工夫市的旁边，是"人市"。

人市，就是卖"人"的地方。这里的人，每个人头上都插根草，叫作"草标"，标明自己是"卖"的。这些人都有人领着，或是男领女，或是爹领儿、女，或是丈夫领着妻室，这叫"领标的"。当然，也有些没有"领标的"，就自己在地上捡根草棍，往头上一插，那是自己卖自己。

在这种集市上，最叫人心酸的是爹娘卖儿女了。一遇荒年，这时集市上最让人看不下去眼。你看吧，往往是爹娘为了孩子们能活命，当爹娘的就含泪领着好几个孩子，一个个都插着"草标"，按年岁大小，一排跪在路边。爹娘往往对路过的行人求着："行行好吧……领一个去吧，孩子要饿死啦……"

"大人哪，你不能见死不救哇……"

过路的人一听这些叫喊，往往都流着眼泪赶紧离开，看不下去！但一遇这样的年头，一些大户人家往往最愿意来赶"人市"，专挑些年岁轻的，又能干活的买走，为家里增加劳力。也有的大户人家趁机挑"小"，买小姑娘，或为自己挑二房、三房。便宜呀！有时一个大活人只用半斗红高粱就"买"回家，真是人不如牲口啊。虽说是卖人，但爹娘一见自己的孩儿被领走，往往立刻哭疯啦！孩子哭喊着爹娘，往往说："爹！娘！我不去……"也真是受不了哇。

爹娘往往跪地给孩子磕头："孩子呀，爹娘这辈子对不起你呀！下辈子我做你的儿女，卖俺吧！"

这时，爹也哭，娘也哭，孩子也哭。

集市上，人人见了都流泪，揪心，惨不忍睹。但是，"工夫市""人市"，这里往往又是大集上人们经常光顾的地方。

话说，在离其塔木五十里地远的地方有一个屯子，叫杨家屯。这天一大早，杨家屯里的公鸡"咯咯……"一叫，一个人骑着驴出来了。

这个人，个子不高，圆圆的肚子，穿着一件满族老式长袍子，头上戴着一顶带红珍珠疙瘩的小帽头，留着两撇黑胡子，胖胖的身子，压得那头小毛驴直放屁，可他还嫌驴走得慢，不停地拿柳条抽驴屁股，骂道："没用的东西！驾！驾！快走……"这是老杨坡，是满族坐地户，他于乾隆年间来到其塔木专事领地户农耕，一点点地积累了不少银子，就又买下不少熟地，又开了不少的荒，于是一点点地就成了当地的大地户了，人称杨老爷。

一旁走着的是那瘦高个子的管家。他背着钱褡子，用手提着长袍的左大襟，一溜小跑，跑掉鞋也跟不上东家。他两只脚，驴四条腿，他能跟得上吗？可跟不上也得跟。这是杨家屯的大地主大地户杨坡领着管家高友去赶其塔木大集。

驴放了个屁，老地主杨坡打了个饱嗝，又骂开了："你这样慢慢腾腾的，起大早赶个晚集，还能雇着便宜长工吗……"

管家高友委屈地说："东家呀，你这不是不讲理吗？你骑驴，我用步量，哪能赶上你……哎呀！"管家高友说着踩在一个癞蛤蟆上摔了个前趴子。

杨家屯地主杨坡起大早急着去其塔木赶大集到"工夫市"上挑选长工也不是没有道理的。原来，自从前几年开始，他从祖上接手的这大片草场、耕地都涨了地租，人家朝廷打牲乌拉的草场子和耕地本都属于"五官屯"的，可在乾隆年间，五官屯都把这些地转手租给了一些"随旗"（中原来的农人）啦，杨坡的祖上是顺治年间从京师"随龙"过来的，到他这辈子杨家屯已有上百户人家啦，都耕种"五官屯"的地，到秋交租。可是这几年，连年发大水，往往冲得杨家屯一带颗粒无收，但"五官屯"的租子不交不行，于是从去年开始，他就在屯子正东靠近松花江右岸的地界上开荒，开草场子，想增加一些收成，好还上人家五官屯的租子。扩大草场、耕地就得雇人，他听说从卡伦和鹰山一带下来不少难民，心想"工夫市"的行情一定看好，这才起大早来其塔木大集上挑选长工、短工、季节工或杂役。

快到正午时，杨坡和管家高友才匆匆赶到了其塔木。

其塔木真是个热闹去处。这儿从清顺治年间开始就形成了固定的农贸大集，它由于和东边的古镇乌拉街遥相呼应，形成了东有乌拉街西有其塔木的名号。又由于这儿的地理位置西靠桦皮厂，北靠老宽城子，东北靠农安、榆树、德惠一带的蒙古王爷的属地，正南是吉林乌拉街衙门，四面八方的来客，无论去往何处，其塔木都是必经之地，无论是农耕还是渔猎，其塔木都是一个极佳去处，所以各族人都愿意挤到这一带生活。

集市的沿街道边，摆着人参、貂皮、鹿茸、靰鞡草、松子、山核桃、木碗、木盆、木勺子、柳条子编的大筐小篓、烟笸箩、斗子、簸箕、爬犁，还有些卖豆腐脑的不停吆喝。自家的山梨、樱桃、李子、香瓜，一筐一筐的，叫人眼花缭乱，目不暇接。在布店、米店、靴子铺、马具店旁边，还有说书的、唱二人转的、演东北东城大鼓的、变戏法"仙人摘豆"的、卖狗皮膏药的，表演气功"二指断砖""飞针穿木"的，还有打莲花落说顺口溜要饭的花子。集上行人来往中，时见一些高鼻子蓝眼睛的外国人，这都是传教士，常常引得一些孩子跟着他们看。

再往前走，就到了"工夫市""人市"。一片衣衫褴褛的农人，成排成排地站在路边。现在，由于这些人多，所以"工夫市"和"人市"几乎混到了一起。大人的旁边就是"孩子市"。那么多破衣烂衫的孩子，个个头上插着草标儿，有的跟前有大人，有的跟前没大人……

嘈杂的"人市"里，突然传出一个孩子的哭泣声，是个小姑娘在哭。只见"人市"的角落里，一个十三四岁的小姑娘，头上插着草标，正哭得十分伤心。

几个在一旁看"行情"的人在议论：

"可怜巴巴的孩子，爹妈死一年啦！"

"是啊，听说是爹妈死时欠下人家的料子（棺材）钱，只好出来打工还钱……"

"唉，这世道……"

他们的说话声，传到旁边一个十五六岁的男孩耳朵里。只见这小伙头上也插着草标，他正愣愣地站在那里四处张望。一听这边议论，也往这边瞅。突然，人群里传来一阵喊声："闪开！闪开闪开！"原来是肥胖的杨坡和瘦高的管家高友一前一后地到了。

杨坡松了一口气，擦了把头上的汗，各啬的小眼睛一眨，对一旁的管家高友说道："总算赶上了，可得好好挑挑。"

高友用长袍下摆擦着脸上的汗说："你放心吧东家，我一般挑不走眼……"

管家高友在一些插着草标的人前停下来。他拉出两个小伙给东家看。

杨坡打听完了价钱，又掰开手指头算了算，犹豫不决。管家对东家十分不满意，说："可你总得挑到吧！"

杨坡在管家耳边说："我看，雇大人不合算，吃得多，会偷懒。"

管家高友说："那你的意思……"

东家杨坡说："挑两个便宜的小孩。"

管家高友说："小孩干不动活，你又发火。"

东家杨坡说："干不动活我就捶巴他们……"

见东家态度十分坚决，一定要挑小孩，童子工，管家高友只好松开了挑到手的两个大人。

人群里，这时传来了对杨坡的嘲笑和讽刺声。还有一个人当即编出几句顺口溜说：

大伙多留神，

千万别进杨坡门。

进了杨坡家的门，

天天米汤一大盆。

勺子里边搅三搅，

米汤浪头打死人。

窝头硬得长了翅，

饼子生得长了鳞。

使的碗筷从不刷，

起的嘎巴剌嘴唇。

哈哈哈哈哈哈哈！

千万别进杨坡门……

在东北乡下，其实南北二屯谁家啥样，大伙的心里都有数。在这一带，老杨坡的吝啬、抠、小气那是出了名的，谁不知道啊。

这个人一说这套嗑，大伙哈哈大笑起哄。杨坡和高友又气又恨，也没脸见人，急忙牵着驴钻出了人群。他们来到了"孩子市"。谁知正往"孩子市"走，管家高友在两市的交界处一眼就发现了站在人群里刚才发愣的那个小伙……

只见那个小伙，头上插着草标，正在那儿发愣。高友一看，这小伙也就十五六岁，个头不高不矮，一双大眼睛炯炯有神。虽然穿得又脏又破，脸上还有上山打柴被树枝子刮破的痕迹，由于饥饿，人显得没有精神，但从身子骨上可以看出，日后是一个好劳力。管家高友一眼就相中了这个小伙。

他上前一细盘问才得知，这个小伙叫杨三，家住其塔木以北二百多里远的一个叫放牛沟的满族村屯，哥三个，姐两个，他是老三。

阿玛杨显生，是个老实巴交的农民，额娘赵氏，那可是个能说能干的女人，就是长着一双大脚。那时汉族女人都是小脚，满族不裹脚，但她那脚也太大啦！走道啪啪的，能干活。有一天，额娘洗脚，杨三看到了，说："额娘，你这脚，可真够大！"

额娘说："你说我脚大？你阿玛都没嫌乎呢！"

一来二去，杨三额娘"黑大脚"的名可就传开了。其实，脚大能干活，黑是太阳晒的。可是能干活的女人命不济呀。就在杨三十四岁那年，阿玛杨显生被打牲乌拉派往与蒙边交界的地段"边壕"去管理开荒，并带去一帮族人兄弟"扎深珠"，巴杨河（满语为富有之意）、富尼雅拉（宽宏大量之意）、哈尔浑（意为夏季出生之意），都是一个"艾曼"（部族）的人，所以杨显生都得精心照料。谁知那一年发了大水，把刚开的荒都淹了，颗粒不收不说，还和人家蒙古人的"租子柜"起了纠纷，杨显生上去说理，叫人家租子柜上的人一顿暴打，回来不久就咽气了。两个哥哥就去找他们说理，却被人家给抓起来，押进了大牢。额娘"黑大脚"一看当家的没了，儿子又被抓，一股急火，就在那年秋天离开了人世。

为了买棺材给父母安葬，杨三的两个姐姐嫁身于人，可谁承想那些债都属于"驴打滚"，干还也还不完。后来，姐姐被夫家人带着远走他乡，放牛沟就扔下了杨三一个人，可该人家的债总得还哪，他给一个大户人家当了几年小半拉子，总算是还上了。看看那里也无法再待下去，杨三一想，凭自己的一身力气，干脆自卖自身，找一个"吃饭"的地方得了。于是他来到其塔木大集，从地上捡起一根稻草往头上一插，就站在了"人市"里了。其实他是想找份"长工"干干。

"啊，杨三！就雇你了。"高友也同情他的遭遇，一把拉住杨三，说，"走，让东家再相相。"

那边，地主老杨坡也挺有眼力，他一眼就相中了那个哭哭啼啼的姑娘。

老杨坡问："你姓什么叫什么?"

姑娘说出了自己的身世和遭遇，并告诉买主自己叫小香。也是要还埋葬爹娘的棺材钱，这才自卖自身。旁边还站着一个人。老杨坡一看她利手利脚，又觉得小香这个"香"字好，吉祥，福顺。而且，"香"字，是由"禾"和"日"字组成，这意味着他的庄稼风调雨顺的日子的开始，这是一个好兆头啊。于是杨坡就对小香说："别哭了。你有'家'了，就跟俺走吧。"他把钱交给领小香来的那个东家，这边又大声叫喊："高友!"

"来啦来啦!"管家高友答应着，也手拉着杨三走过来，说，"东家，你看看这杨三咋样?"

东家杨坡拉过杨三，前前后后看了三遍，又像买牲口一样，掰开杨三的嘴，看看舌头，点点头说："还中！挺可心。"又问了一下杨三的家世，杨坡满意地笑笑说，"总算没来晚。挑的这两个人，又可心，又便宜。"

　　晌午，杨坡和高友在其塔木集上的一家饭馆子里要了酒菜，二人边吃边喝，只给新买来的杨三和小香要了两碗面汤，又把他们吃剩的饭菜端给杨三和小香。两个年轻人恨恨地瞅着新主人杨坡，含着眼泪，吞下了剩菜剩饭。吃完晌饭，他们要急着往回赶。杨坡一骗腿骑在驴上，用两根麻绳一头系着杨三，一头系着小香，让高友"牵"着，跟着他往屯子里赶。

　　杨坡带回两个年轻长工，他心里很是满意，这因为他知道这两个人都是早已没家没业，没有"罗乱"，今后他们可以一心一意地为杨家干活，听使唤啦。而且，这两个人又都利手利脚，他便分别把杨三定为杨家的放马倌，把小香定为杨家太太们的用人也就是小使唤。和杨三定的是十年期长工。头三年一年二百五十吊钱。过十年再看他表现重新订合同。杨坡一共有三房老婆，本来各有各的使唤丫头，可是一看杨坡又领回一个利手利脚的小丫头来，三个老婆又都想要。但杨坡也留了个心眼儿，他想不能把小香分给某某具体屋、具体人，他把小香定为"上房"（三位姨太太）共同的小使唤。平时具体由杨坡使唤，也可以随时由三个夫人招呼。这样看起来小香谁也不属于，但实际上她成了所有人的小使唤啦。每天，小香从早忙到晚，连喘口气的工夫都没有。

　　早上，她挑完水，扫完屋子，刚要端起饭碗吃口饭，杨坡的大老婆，一个和杨坡同样肥胖的婆子就掐着腰来到小香住的马圈旁边的一个小窝棚门口喊："小香，圈里的猪都叫了，还不快去喂猪……"

　　大肥猪吃开了食。小香端起刚才要吃只扒拉了一口的饭，杨坡的二

134

老婆，一个比高友管家还高的瘦子婆娘，掐着腰摇晃着走出来喊："小香，地上都成堆了，还不快去扫扫……"

地扫干净了。小香急忙端起那碗剩饭喝了一口。杨坡的三老婆，一个头上插满了碎花烂朵的长脸女人出现在窝棚门口，喊道："小香，到镇上的杂货铺给你三少爷买两串糖葫芦……"

一天下来，可怜的小香姑娘累得都爬不上自己窝棚里的火炕了，她全身像散架子了一样，有时就躺在炕沿下的地上呼呼地睡着了。

老地主杨坡家一共有八十多头马、牛和驴。在杨三没来之前，是由一个叫马福的长工领着俩小孩子来放。早上把马赶到甸子上去，下晚太阳一落山要清数，然后赶回圈里。可是，由于马倌马福后来家乡来人给叫回去了，两个小孩也渐渐长大，进了长工（吃年劳金）的窝棚，于是狠心的杨坡就把这放几十头马、牛、驴的活计全都交给杨三一个人。杨三放了几天，觉得实在放不过来，就对杨坡说，东家呀，再给我增两个帮手吧。可杨坡，表面上答应，说等有合适的机会，再给杨三配人，可实际上就不找工，弄得整个放牲口、刷毛、喂料、清点、饮水、赶回圈这所有活计，全是杨三一个人的了。

在东北农家，放牲口不是轻巧活。放牲口往往是最累最苦又最危险的活。放牲口要在一大早，太阳还没出来之前，就得把牲口赶出去，这叫让牲口就着露水吃草。据说这种草甜，易上膘。晌午头子，太阳暴晒，天热，要把牲口赶到甸子上的湿地淖尔、泡子一带去饮，躲避暴晒。有些怀了孕的母马，往往还要在夜里给添加甸子草，叫增膘。还有，对那些刚刚生过驹的大马和小马，都得精心照料，一是不能丢，二是不能让野牲口给叼走、咬死。

在这一带草甸子上，狼特别多。那些狼往往专门等着人把牲口一带到甸子上，它们便悄悄跟在畜群后边，等着发现"目标"，好下口。所说的目标，往往就指那些小马、小牛、小驴，它们刚出生，离不开母畜，如吃奶。可是，母马、母牛、母驴也要吃草，于是小马、小牛、小驴就上了甸子。这时，是它们的小生命最危险的时刻。为了不使小崽遭到狼的袭击，杨三常常是背着刚刚出生的小动物。来到甸子上后，他让小马、小牛、小驴在中间，让大马们围在外围，以防恶狼的攻击……

为了防狼的袭击和牲口走丢，杨三还养了三只狗，大黄、二黄和三黑，作为自己的伙伴，它们整天跟在杨三后边，成为他的忠实助手。满族人称狗从来不叫"黄狗""黑狗"，而是叫它们"黄啊""黑啊"。族人对狗很亲切，都说黄狗救过老罕王努尔哈赤。杨三就全靠他这三条狗哥们儿了。

草甸子上最让人无法躲过的是蚊子和小咬、瞎蠓，这些害虫在有水有草的地方疯长繁殖。有时天一阴，气压低，云层低，这些蚊虫就像乌云一样贴在人畜的头上，粘在人皮肤上猛叮猛咬。许多马、牛、驴，被咬得发疯似的奔跑，有的一头扎进松花江中。死了捞上来，扒下皮冲太阳一照，上面都像筛子眼啦。

杨三的身上、背上、脸上、胳膊和腿上让蚊子叮得没一块好肉。那些地方先是红肿，然后就烂，奇痒无比。杨三天天回到马棚旁的窝棚里，就让东家给他一瓢咸盐，他泡上水，用笤帚疙瘩往身上刷，皮肉被杀得钻心疼，但他咬牙挺着，不然都活不下来呀。为了让马不遭罪，杨三用草甸子上的马莲草编了一把小笤帚，他经常把小笤帚挂在裤腰上，时而刷马。

　　杨三成了杨坡家的长工，杨坡说，只要杨三一年一年地干下去，到杨三大了，由东家给他说个媳妇，成个家，立个业。杨坡甚至还说："杨三哪，一笔写不出两个'杨'字来，咱俩是命中有缘。你虽然是我雇来的，但我拿你就当我个人的孩子一样，没当外人。这样吧，虽然咱们是雇主长工关系，可我一年给你开回饷，一年二斗红高粱。你卖钱折合工钱也可以，我给你留着，攒着也可以。因为就你一个人放牲口，活多，活累，所以我这是照顾你！"

　　老杨坡说得还头头是道。于是，杨三也就答应了。不答应怎么办呢？但其实，这杨三答应了还有一个原因，就是他发现这个被杨坡买来和他一块儿进杨家的小香姑娘太可怜了，总想，自己能在杨家干活，也能随时帮帮她，照看照看她。而那时，其实这可怜的小香姑娘心中也有了他。

　　白天，草甸子上太阳暴晒，花和草都晒蔫了，杨三光着背，用刷子给马刷身子。刷子是刷毛，刷完后还要用挠子给马挠身子。一天下来，杨三累得半死不活。可杨三是个苦中求乐的人，他想要好好活下去，生活也许就有个盼头。他每天所盼的是，晚上能与小香见上一面。

　　黄昏，残阳似血，杨三领着大黄、二黄、三黑在草甸子上圈马、追马，然后领着头马，让其余的牲口都跟着，把畜群赶回屯子。等饮完牲口，关进圈里，天已完全黑透了。

　　吃完饭之后，一轮银盘似的月儿升上了天空，挂在七大树的梢头。静悄悄的草甸上，浮动着一层乳白色的夜雾，眼前的一切，勾起杨三对自己命运的回想，想起死去的阿玛、额娘，想起受苦的阿扎（哥哥）、沙里甘（姐姐），眼泪就禁不住淌下来。

　　杨三来到老地主杨坡家住的是马圈西边的一处窝棚，这里从前有一些长工、短工和季节工。现在要铲地，杨坡家的地都离家挺远，他怕长工们来回走费时间就想出一个损招，把窝棚临时搭在地头，长工们都不许回屯，饭送到地里去，这样长工可以多干活，真是算计到家啦。杨三这时想起自己的身世也睡不着，他发现墙上有一根长箫，可能是哪个工友的，于是，他摸下来，在嘴边一试，一种低沉又忧伤的声音就在夜空里飘了起来。

马棚里的箫声就像一股清清的泉水从睡在马棚另一侧窝棚里的小香耳边流过。自从她来到杨家，东家把她安顿在马棚北边的一个窝棚里住，这儿离着杨三的窝棚挺近。平时杨三从甸子上回来，身上让瞎蠓、蚊子叮咬烂了，她也过来帮着用盐水给杨三哥哥洗洗伤，二人的心渐渐越靠越近。夜晚一听到杨三的箫声，小香就坐起来，她忘记了疲劳和腿疼，快步走到马棚西边的窝棚里，紧紧靠着杨三坐了下来。

小香流着泪，对杨三说："杨三哥，啥时候咱们能得好呢？"

杨三给小香擦了一把眼角的泪，说："小香，咱们熬吧。等熬过我三年工期，再把十年的债给杨坡家还上，咱们就离开杨家。"

小香说："可我，是人家买来的！"

杨三说："不打紧。等我挣了钱，就赎出你。"

"杨三哥，有你这句话，那我就等！"说完，小香含着幸福的泪紧紧扑进杨三的怀里。

第三章　放马奇遇

转眼，杨三在老地主家扛活已三年啦。扛活的日子虽然挺难熬，但杨三有了自己心上的人也就觉得日子有了盼头。白天，他把马儿赶到甸子上，等马都吃开了草，他想起了小香，就掏出那根竹箫竖在唇边吹了起来。

马儿都在那里静静地啃吃青草，杨三的箫声忧伤地飘了起来，蓦地，就见马群中有一匹顶瘦顶瘦的小白马抬起头来。它先是望望杨三这边，接着扬起四蹄从草地里向杨三这边奔跑过来。到了杨三跟前，它头一扬，趴下来听杨三吹箫。

杨三说："小白马，你愿意听?"

谁知，那小白马点了点头，还舔了舔杨三的手。

这下可把杨三乐坏了，于是他又吹了一支欢乐的曲子，小白马在草甸子上边听箫声还边欢跳。听够了，小白马一甩尾巴向江边跑去，边跑还边跳着。这真是一匹通人性的小白马。

后来，杨三又发现了一件奇特的事情。

这片草甸子，紧挨着松花江边，那江岸宽宽的，对岸是土城子屯和老鹰山，水草更好。马儿吃完草，都喜欢聚到松花江岸边上去喝水。可这匹淘气的小白马，竟然不在岸边喝水，它自个儿踩着江水，走到江心去喝，有时还踩着江水皮儿，跑到土城子屯那边去吃草，小蹄子在水面上不沉也不湿。杨三感到太奇怪了。有一天，他扳起小白马的腿一看，吃了一惊，只见它的蹄子与别的马不一样，是八瓣蹄壳子，蹄一沾水就张开，怪不得不沉水呢！

这天，杨三从草甸子上回来，他急于想把这个奇特的发现告诉小香，他还特意从甸子上给小香带回一束橘黄色的野菊花。关完了马群，杨三拿着花正往小香的窝棚走，迎面碰上了管家高友。高友一眼看见了杨三手中的花，就问："杨三，你圈完牲口还不快点回屋吃饭、睡觉，你还溜达个啥？"杨三急忙把野花藏在了身后，偏巧这时，小香也出来迎杨三，正和高友打了个照面。

高友看看杨三，又看看小香，一筋鼻子哼了一声，转身进了东家屋里。

杨坡正坐在一张藤椅上抽着水烟袋，呼噜噜响着，闭目养神。高友走上来，他附在杨坡耳边小声把方才看到的一幕说了出来，又加了一句："我看杨三这小子，可不怎么地道！"

杨坡一听，把水烟袋从嘴里拔出来，吐了一口，骂道："这小兔崽子，还想打小香的主意不成？"

高友很会察言观色，于是献言说："东家，小香可渐渐大了，不能给别人。可杨三这小子天天踅摸小香，我看……"

杨坡说："怎么样？"

高友说："何不找个借口，把他辞了。"

杨坡想了想说:"可工期不到年限……"

管家高友说:"那让我再想想……事在人为嘛,啥事还有想不出办法来的吗?"

这年的夏天,雨季来得特别早。刚刚一进 5 月,天天大雨不断,草甸子上的水涨得也很快,杨三不得不赶着马群寻找草场。这天的下晌,他把马群赶到一片草甸子上,青草一望无边,直达天际,真是一片开阔的大草甸子。他把马儿放在那里,自己想坐下来歇一会儿,突然,就见天边涌起一道"黑线"。那黑线越来越近,越来越近,再一看,根本不是什么"黑线",原来是一道滚滚的黑云,翻滚着,波浪般涌了过来。

风是雨头。接着,刮起一阵狂风,草叶子、泥沙、尘土,都被刮上了天空。一时间,晴亮的天空顿时阴暗下来,这时,就见那道翻滚的乌云,一点点升高,逐渐地遮挡住了整个西北天际,而且,杨三发现,那黑云的正中间下垂着一道云柱,越往下越细,而且一上一下,不停地扭动……

杨三知道了,这是龙卷风,民间又叫"龙吸水"。这可怎么办呢?

而且,随着越来越大的冷风,那白亮亮的哗哗响的暴风雨已经从远方向这边迅速移动着。那乌云的背后都是亮亮的天,那乌云形成的龙卷风就像一条巨龙在天上耍动、扭动、抽吸、摇摆,让人看得清清楚楚,也给人一种巨大的恐惧感。

但是,要圈马已经来不及了。

杨三知道,现在主要得趁着龙卷风还没到之前稳住马群,可不能"炸"了群。他于是领着大黄、二黄、三黑就直奔龙卷风和暴风雨冲了过去。

但是，这突如其来的龙卷风暴风雨让马群再也平静不下来，牲口们吓坏了，它们仨一伙俩一串掉头就往回跑，杨三和大黄、二黄、三黑收拢也不听，眼瞅着马群就乱了套。谁知就在这时，杨三又被一幕奇异的景象镇住了。杨三突然发现，就在所有的马匹都慌乱得没有主意、四处乱跑时，唯独那匹小白马突然仰天长啸一声，然后前蹄腾空，回头看了一眼杨三，突然朝着龙卷风奔了过去……

　　杨三喊道："小白马……"

　　杨三愣了。

　　所有的马也都惊奇地镇静下来，它们都停下步子，回头看去。

　　只见小白马亮开四蹄，欢快地朝着暴风雨飞奔而去。它不但不惧怕这龙卷风，还仿佛非常喜欢这个巨大的龙卷风，也仿佛是正等待着这场龙卷风，等待上千年了。

　　就在大家都在吃惊的时候，眼前更加精彩奇异的一幕出现了。说时迟，那时快，就见那巨大的龙卷风已迅速来到了小白马的上空。小白马此时却不跑也不跳了，让天上的龙卷风的"风针"一下子刺进了体内。

　　天幕下的景象，让大自然留下了惊奇的一幕。

　　只见小白马，像一尊雕塑一样，开始一动不动，而整个草原大地都在震动，发出哗哗的响声，那是龙卷风和乌云带来的暴风雨的响声，可是这样一来，所有的暴风雨都是只有响声，大雨越不过小白马的身体。

　　而且更为奇特的是，天上滚滚的乌云都顺着龙卷风的"风针"一下一下地被小白马"吸"进了体内。天上的乌云渐渐地少了、没了。最后一丝乌云也随着"风针"进入到小白马的体内，天空一下子晴朗起来，亮了起来。云开雾散了。

大伙再一看，那匹小白马扬开四蹄往回跑来，而且咴咴叫着，撒着欢。杨三乐得立刻率领大黄、二黄、三黑奔过去迎它。杨三一把将这匹神奇的小白马的头揽在自己的怀里，亲着它。

这天夜里，杨三做了一个梦。

他梦见草甸子上开满了鲜花，他放马放累了，就搂着小白马在草地上睡着了。朦朦胧胧之中，草甸子深处，在白亮亮的江水里慢慢地走出一个人来。

"这是谁呢？"杨三不认识。

平时，他在大草甸子上放马，从来也见不着一个人影啊，可是那唰唰地踩着青草的脚步声已经越来越近了，原来这是一个满头银发、长着白胡子的老人，他微笑着迎面走来。

老人说："杨三啊，你天天在我家门口放马，今天咱俩得认识认识啦。"

杨三说："老爷子，你是谁呀？"

老人说："我住在松花江里。老家在长白山天池，是一条老龙。"

杨三说："是老龙？"

老人说："正对。"

杨三说："那我该叫你老龙爷爷。"

老人说："可以，可以。"

杨三说："老龙爷爷，你找我有事吗？"

老人走上来，爱抚地摸着杨三的头，说道："杨三啊，我今天告诉你一件事。我的儿子戏了一匹马，于是这马，就有了和龙一样吞风吐雨的本领。你是一个勤劳勇敢的好孩子，这匹小马就送给你了。"

杨三问："什么样的小马呢？"

老人说："就是你马群里那匹超群的小白马。"

"小白马……"

杨三指指正在草甸上奔跑撒欢的那匹小白马说："是它吗？"

老人说："是它，就是它。孩子，现在天下大乱，民不聊生，老百姓要遭磨难哪。这匹马，日后会对你有大用处的。"

"俺记住了。"

老人又说："还有一点要记住，你要经常用马莲草的刷子给马儿扫扫脸和鬃毛，它轻松……"

杨三说："谢谢老龙爷爷。"

"不过，有一件事我还得告诉你！"老龙爷爷说，"这匹马虽然是一匹龙马，可它要驮着东西时，只能再驮一个人，不然就跑不动了。"

老人说完，转过身去，微风吹拂着他的白胡子，一转眼，慈祥的老爷爷就不知走到哪儿去了。

杨三使劲儿揉了揉眼睛，原来是一场梦。他低头一看，小白马还卧在他的身边呢。这时，小白马咴咴地叫了两声，还伸出舌头舔了舔杨三的手。杨三心里一阵高兴："难道老龙爷爷说的就是你吗？"

小白马又咴咴地叫上两声，扬蹄甩尾地向草甸子上跑去了。

黄昏，杨三把马从草甸子上赶回来，井边上，小香正在打水。杨三欢天喜地地跑上去："告诉你一件奇事！"杨三附在小香耳朵边说开了。

这时，也是巧，管家高友正从街里"萨其玛"（糕点铺）给杨坡买点心往回走，他从马群后边一眼看见了小香和杨三在一块儿唠嗑，心里就打定了一个主意。

第四章

快马杨三

转眼到了这一年的秋天啦。

这天,杨三从草甸子上回来,他把马赶到圈里,把小褂往肩上一搭,就想到小香的窝棚里给她送"好东西",那是他在草甸子上放马捡到的两个鸟蛋,这时却被管家高友给叫住了。

高友说:"杨三啊,老爷叫你呢。"

杨三不知何事,他跟着管家进了上屋,只见东家杨坡正等在那里。见了杨三,杨坡说:"我们家这几年收成不景气,长工短工的也雇不起了。你就回去吧,我解雇你了。"

杨三说:"可东家,我和你定的雇期还没到呢?再说,咱们不是定的十年长工合同吗?"

杨坡说:"定长定短,我说了算。我家雇你,也可以不雇你,也可以不要你!"然后,他一使眼色,让高友结账。

管家高友摸起算盘"噼里啪啦"一打,说:"杨三,三年的工钱四百五十吊,除了你吃喝拉撒睡,净剩一百五十吊!"

"什么?"杨三气得要发火。

管家高友却皮笑肉不笑地说:"觉得不对劲,你自己来算?"

管家高友递过算盘,浑身是理的样子。

杨三刚要和他们分辩,突然,他想起了什么。他把高友递过来的算盘一拨,推开了,果断地说道:"算了……"

高友傲慢地把算盘放在桌子上,得意地笑起来。

杨三说:"这样吧,工钱我不要啦!"

管家说:"那你要什么?"

杨三说:"我牵一匹马回去种地。"

草原上的地主家骡马成群,三年挣一匹马,地主能不乐意吗?可是,吝啬的管家给更吝啬的东家使了个眼色,说:"不过,那得看你牵啥样的马。"

杨三心里其实早有了主意,他说:"高头大马我不要,我就要你马群里那匹最小最小的小白马。"

管家说:"这,可是你说的?"

杨三说:"对。"

老地主杨坡,把水烟袋从嘴里拔出来,吐了一口口水,说:"不许反桃子(满族土语'反悔')!"

杨三坚决地说:"绝不反悔!"

其实,杨坡和高友也早就想好了,他们也是打算把马群里那匹最不起眼的小白马送给杨三当工钱,而且还怕杨三不同意呢。

"说话算数,还得画个押!"

杨三说:"行,行。"

管家高友怕杨三日后反悔,就在杨坡的示意下递过一张字据:

"长工杨三，在杨坡家当长工三年，以一匹白马作为工钱。特此为记。"以下是杨三手印，是以为凭。

杨三从容地在上面签了字，按了手印。

杨三想了想，又说："东家，我求求你了，让可怜的小香也跟我一块儿走吧。"

"什么？小香？"

杨坡听了冷笑了两声，说道："你想得倒美。你一个臭扛活的，还想领走个姑娘？你死了这条心吧。告诉你，你如果两年后能给我拿出五千大洋来，我就让你领人……"

杨三无奈，只好牵着马走出了院子。

小香哭着追出了院门口，可是被几个看院子的家丁死死地给拉住了。杨三也流出了眼泪，他对小香说："小香，你放心吧。等我挣了钱，一定要来赎你。"

二人洒泪而别，难舍难分。

可是，小香又不得不看着杨三和她分别，看着他一个人牵着小白马走了。

可是，杨三上哪儿去呢？他已没家没业了，他只好带着小白马四处流浪。

这一天，杨三牵着小白马，走进一个屯子。

好心的乡亲们都喊他："杨三，快进屋来吃点饭，喝口水吧……"

"杨三，快进屋歇歇脚吧！"

突然，村头有人喊："不好啦，教堂着火了！"

杨三一看，原来是土城子屯的天主教堂燃起了大火，俄国神父伊尔森正戴着一顶神帽在教堂门口求村里的百姓们："快帮帮忙吧！快动手吧！"乡亲们一个个从家里取出桶、盆到井边去打水。可是，井口就一个柳罐斗，等着提水的人太多，眼看着火势越烧越旺。

杨三对一个提着木桶的大爷说："老爷子，借我桶，我去拎水。连带试试我的马快不快。"

老爷子说："你上哪儿打水？就一个井口？"

杨三说："我上江里去提水。"

大伙说："江里？十多里地呀！"

可是说话时，杨三已提着桶，上了马。

只见那马，四蹄腾空，转眼上了天空，往江边奔去。奔到了江边，杨三弯腰灌了满满一桶水，一眨眼来到着火的教堂上空，"哗！"地泼了上去。乡亲们一看，都乐了。这杨三的马也太快了！眼瞅着他一来一去地提水，不到半袋烟的工夫，教堂的火就被他扑灭了，屯子里的乡亲们和教堂的神父都看傻眼了！

教堂的神父伊尔森分外感动，他端来一盘子鲜果对杨三说："杨三兄弟，真是谢谢你呀！快吃点水果吧，以表我伊尔森的心意。天主也会感恩于你。"

杨三说："不用了，这是应该的。俺们中国人见火不救，那不是中国人的脾气。"

乡亲们一听，也都点头称是。这时，屯里一个姓赵的大娘说："杨三啊，快到我屋里坐坐吧。我给你捞些水饭吃，再打一碗鸡蛋酱。咱们包上'饭包'吃！"

这"饭包"是当地满族村屯的一种食物，特别是秋天捞饭，炒土豆丝、芹菜丝，用菜叶一包一卷，可香了，是满族人家大人小孩都愿意吃的。

杨三说："好吧。"就跟着赵大娘进了屋。

杨三从小就愿意吃小米水饭、鸡蛋酱、包饭包，见了赵大娘，也想起了自己的额娘，就真的脱鞋上炕，等着吃呢。

可是，眼看着饭锅翻开地煮着饭，大娘高高兴兴准备端盆去捞饭，可一摸："哎呀！笊篱坏了！"这可怎么办呢？这可怎么办呢？

原来，赵大娘家的笊篱由于使用年头久了，已经烂坏了，正要捞饭时却不能用了。赵大娘急得可屋地转圈儿。

杨三一听说笊篱坏了，就不急不慌地说："大娘别急，我去买把笊篱来。"

"买一把？"

"对呀。"

赵大娘说："杨三哪！这不是开玩笑呢吗？哪有锅里的饭已经开了现去买笊篱的？不赶趟了。"

"赶趟。你等我……"

杨三说着，穿鞋下炕，翻身上马，大喊一声："大娘等着，我去去就来！"

说着，双腿一夹，那马就不见了。

"杨三！你别去了，我上邻居那儿去借……"

可是，大娘的话音还没落，人家杨三已骑马去其塔木集市上把笊篱买回来了。而且，锅里的小米粒捞上来还没转珠呢。

哎呀，这马可太快了。从这儿到集上，少说也有四五十里呀。乡亲们围住了杨三和小白马，一个个赞不绝口，于是"快马杨三"的名号也就传开了。

这马到底有多快，其实杨三还想试试。这一天，杨坡家开着前后窗户，老杨坡把家里的金银财宝都摆在炕上，他和管家高友在那儿摆来摆去，数来数去。这时，管家高友对杨坡说："东家，有件事你可听说了？"

杨坡问："啥事？"

管家高友说："咱们给杨三那小子那匹小白马，听说是被龙戏过的一匹马，那可是一匹顶快顶快的绝世宝马呀。"杨坡点点头，是啊，这可咋办呢？后悔也来不及了，而且当初，还是咱们逼着人家杨三跟咱们画的押呀。

二人正说着话，突然，窗外刮起了一阵大风。那风刮得天昏地暗，尘土飞扬，人们赶紧进屋，或是急忙关窗关门，可就在这时，一股风从杨坡的前窗户刮进来，又猛地从后窗户刮了出去。杨坡和高友被这股疾风吹刮得不由自主地摔倒在炕上。风过去了，他俩慢慢地抬起头来，再一看，炕上干干净净的，满炕的金银财宝全不见了。

这时，一个家丁跑过来禀告："老爷，方才好像有人骑着马，从你家窗子这边进去，又从那边跑出去啦……"

高友说："一定是杨三这小子干的。"

杨坡说："快！快给我去查查！"

被派出的人，查了几天，回来了。他们向杨坡禀报说："东家，杨三不知从哪儿弄到那么多金银财宝，正给那些穷鬼分呢。"

杨坡眼睛瞪个溜圆，傻了一样说不出话来。半天，他一跺脚说："哎呀，这下可完了！那天那哪是什么风啊，分明是杨三骑着快马从这儿过，把咱的金银财宝全给收去啦。我的妈呀，这可咋办哪！"

高友嗖的一声拔出腰刀说："集合人，给我抢。这快马本来就是咱们的。一定要夺回来！"家丁们跟着高友涌出了院子，直奔江北沿的土城子屯。

他们浩浩荡荡地出发，早有放牛的小长工给村里的杨三送信说，杨三，你快躲躲吧，他们来抓你啦。也有不少乡亲让杨三藏进自己家里，但杨三对乡亲们说："大爷大娘们，我杨三不能连累你们。他们也抓不到我。我先到别的地方去躲一躲。"说完，他两腿一跳就骑上小白马，那小白马转眼间就不见了踪影。

高友带人来到土城子屯，家家都说没看见什么杨三，就是看见了可现在也不知上哪里去了。高友带着家丁在全屯子翻了个鸡飞狗跳墙，也不见杨三的踪影，天黑的时候，高友领着人马垂头丧气地回来了。他对东家说："老爷，这小子没影啦！"

是啊，杨三和小白马上哪儿去了呢？

第五章
投奔义和团

这一天，杨三为了不连累土城子屯的乡亲们，他骑上小白马就升了空，本想找个地方躲一躲，等高友管家带人走了，他再骑着小白马回来。谁知道他和小白马上了云头往西方一望，只见在一片群山之地，大火腾空而起，一片片的草房、木头房子在大火中熊熊燃烧，无数逃难的人在奔跑，随着一阵阵枪声和大刀白光一闪，不少人倒在血泊之中……

这是什么地方？是什么人在杀人放火？

原来，这就是历史上有名的"阿瑟港"之变，是辽东半岛一带的义和团和侵占这一带港湾的洋人在交战，双方打得不可开交。杨三在马上看到的这个地方，其实就是今天辽东湾大连的旅顺港一带。

原来，在历史上，辽东湾大连和旅顺是一片幽静美丽的港湾，由于它处于我国渤海和黄海的交汇处，是非常重要的海上通往外界的口岸，特别是那个叫狮子口（今旅顺口）的港湾是一夫当关万夫莫开的要塞，于是就被外国人盯在眼里。

有一年，一个叫威廉·阿瑟的英国军人，发现中国的旅顺口这个地方太好了，又非常重要，他就带领一伙人来到这里，建起了港口和要塞，驻扎下来，并将此地命名为"阿瑟港"。

世上有捡钱有捡物的，可哪有一个外国人大摇大摆地到别的国家来修建港口，还用自己的名字命名这个地方，中国人难道就允许吗？你还别说，那时的清政府腐败无能，自己的领土照料不过来，有时一直到人家外国人事闹大了，再不恢复就不行了，这才想起了执行权力。这也可能是中国人的善良，也可能是中国人老实过劲了，也可能是那些西方列强国太强大太不讲理，总之到咸丰五年（1855 年），"阿瑟港"这个名字已被使用了二十多年啦，朝廷终于发现旅顺港怎么能叫什么"阿瑟港"呢？于是急忙派遣李鸿章前往"阿瑟港"，要清除那些外国人，修建自己的旅顺港。这些事，本来应是中国自己的事务，可是万万没有想到，由于外国人在"旅顺港"一带待得太舒服了，整天大海鱼海蟹鲜虾地吃着，海水天一样的湛蓝，就是盛夏，也清凉无比，人在这里住着真是如神仙一般。这样好的地方，咋能让中国人享受呢？应该割让给他们。

什么事均有可能，民间有句俗话：没有内鬼，引不来外贼。这话一点不假。外国人盯着中国那些重要的、物产丰饶的地方，就要制造各种口实，以达到他们的目的。最让中国人不能忘记的是 1840 年的鸦片战争。本来是我们不想抽大烟，我们禁烟还不行，朝廷一些"亲洋派"和外国人站在一起，致使洋人联合起来，先是"八国联军"从海岸线入侵中国，火烧圆明园，接着爆发了甲午战争，北洋水师全军覆没，日本逼中国签订了丧权辱国的《马关条约》，从此，包括辽东半岛在内的大连、青岛、烟台、旅顺、牛庄、兴城一带全落入人家英、法、德、意、日、俄等列强手中。

接下来各位读者更是都知道，由于西方列强觉得他们对他们占领的中国领土"分赃"不均，便开始了长达几十年的"中国领土"分割之战，最典型的是"日俄战争"。在他们取得了辽东半岛的开放权和使用权之后，德、法、英、意、俄又联合"驱日"。日本列强离开辽东半岛时恨恨地说：不出十年，我们就会重来这里。果然，1903年为了争夺中国的宝港旅顺口日俄展开了残酷的交战，后来日本人打败了俄人，双方签订了《朴次茅斯条约》，大连、长春、哈尔滨直至俄罗斯的铁路"中东铁路"归属日本使用。双方在这场战争中伤亡巨大，可是真正受到致命伤害的，却是大连和旅顺百姓，他们多次遭到日俄侵略者的屠城。这是后话。而现在要说的，却是日俄战争之前，英人威廉·阿瑟开辟旅顺口，清廷派李鸿章来收复旅顺口，外国人不满意，在鸦片战争之后，联合逼清政府签订《马关条约》《中俄密约》日子里的事。

而快马杨三之奇事，就发生在此时。

杨三看到的，其实是当时占领了"狮子口"的俄国老沙皇列强头目旅顺口的总督阿列克塞耶夫正在率领哈萨克军火烧旅顺口黄泥川古城，攻打义和团与小刀会的队伍一幕。

原来，就在那年的春天，当李鸿章等人驱赶走了英人威廉·阿瑟，开始修建自己的军港时，由于朝廷无能，坚守旅顺口辽东半岛的水师在中日甲午战争中被挫败，于是一些外国人又大摇大摆地在旅顺港一带活动起来。他们大肆建教堂，宣讲天主教、东正教教义，抵制中国人的信仰，这下子可激怒了中国老百姓。

老百姓有自己的民间组织。从太平天国（1851年）年间起，全国各地就陆陆续续起了"捻军""黄巾""红眉""赤马"等民间武装，先从山东起，接着上海、天津，都起了"义和拳"，特别是自从《马关条约》

签订之后，各地的"义和团""大刀会""小刀会""哥老会""红灯照"民间组织蜂拥而起。辽东半岛"大刀会"的法师是刘二哥。

这刘二哥，在狮子口的岛屿上长大。后来搬到蛇岛上。从小，他和爷爷、父亲就在这儿打鱼，过着无忧无虑的生活，可后来，却偏偏来了一个什么"威廉·阿瑟"，硬把旅顺口改成了"阿瑟港"。这还不算，他们在各处建教堂，强占中国渔民的渔村、渔船，强迫中国人信他们的什么教。记得爷爷死时对刘二哥说："碰子"（他小名叫"海碰子"），这块土地，是咱中国人的地。可不能在你们手里丢了……

那时，居住在蛇岛上的刘二哥他们，每上一次"阿瑟港"，都得被搜身。自己的"家"都不能自由出入，这人间还有理吗？于是刘二哥就暗中训练自己的"会队"，他称自己为"会首"，报号"海碰子刀会"，终于起事了。

刘二哥的"海碰子刀会"，是山东半岛大刀会的一支。当年，也是一个姓刘的山东莱芜的大刀会师兄"传授"了"刀会"真经，他们于是决心收回旅顺口。

开始，他们先烧了旅顺一带的四座外国人的教堂，这一下子可激怒了洋人，于是他们在俄人头目阿列克塞耶夫的率领之下，到处追杀"海碰子刀会"的人，见村烧村，见人杀人，可是，阿列克塞耶夫的军队遭到了刘二哥刀会勇士们的顽强抵抗。他们杀不着"义和团"人马，就追杀百姓，这不，他们集中兵力，把刘二哥的刀会逼进了旅顺黄泥川古城。

阿列克塞耶夫有两个打算：一是把刘二哥的人马"困"在黄泥川古城；二是杀光烧光黄泥川周边的村落，这样就会使黄泥川城池不攻自破。阿列克塞耶夫的这一招，也是被逼出来的。

旅顺的黄泥川古城是一座用石头修葺的城池，又坐落在大山顶上。每天，阿列克塞耶夫率领他的长枪射击队，向城里进攻。俄国人的枪手每次进攻，都是排成一排，然后举着洋枪，敲着小鼓，裤子与马靴子和着鼓点，发出唰唰的响声，齐步向前。

到了城边，一声号响过后，洋人们一阵火炮向城池射过去。可是，那些炮弹打在城墙上，只留下一块块小白点……

城墙上，一面写着"义和团"三个大字的旗帜在飘着，刘二哥领着自己的海碰子刀会队员们在笑着。他们挥动着手里的大刀、红缨枪、二尺钩子、鱼叉、镐头之类的"兵器"说："叫他们轰吧，城墙结实着呢。"

但是就是因为城墙这样结实，引发了俄军头目阿列克塞耶夫的动议，干脆切断所有通往黄泥川古城的道路，让义和团插翅难逃。于是，他发下重兵，把黄泥川古城团团包围起来。现在，黄泥川古城已被洋人围困两个多月了，城里的粮食果真出现危机。俄军头目阿列克塞耶夫也发现城内的粮草供应开始紧缺了，于是他连日来发兵不断攻打城池。

枪炮轰鸣，烟火四起。可是，俄人不冲在前面，却让辽东半岛清廷衙门总管王哈的官兵冲在前头。

原来，俄人阿列克塞耶夫一面追杀中国的军民，一面给清朝政府施加压力，说他们正常利益受到了侵害。清政府无奈，就派出辽东总兵王哈协助洋人围剿"长毛"（义和团）。

王哈的官兵和阿列克塞耶夫的军队在黄泥川城外架起云梯。官兵领头往上爬，只听城上一声锣响，顿时万箭从城内射出，还有滚木、乱石、热油、开水，纷纷而下。攻城的云梯一下子断了，他们一个个落进城外翻腾的云烟里。洋人和官兵说："困，继续困。"他们想把义和团困死在城里。

就在这一天，杨三骑着小白马来到了古城。

杨三一见官兵和洋人攻城，杀人、放火，也就明白是咋回事了。他牵着马去拜见头领刘二哥，问刘二哥："还有什么难处？"

刘二哥说："现在天不怕地不怕，只要城里粮食充足，敌人就攻不下来。"

杨三一听，说："刘会长，你放心。我别的能耐没有，但城里人马粮草这事，我全包了。"

刘二哥说："真的？"

杨三说："你看……"

他说着，领刘二哥来到他的小白马前，他指着黄泥川对面鸡冠山上的一片红红的枫叶说："你等着！"

"干什么？"

杨三说："你点上一袋烟，不等抽上半袋，我就把鸡冠山上的树叶给你摘回来……"

就在刘二哥一愣神儿的当儿，杨三已骑上马，腾空飞出城墙外；刘二哥刚刚抽了两口烟，杨三骑着马，真的把鸡冠山上的枫叶给摘回来了。刘二哥高兴地夸奖杨三和小白马说："兄弟，这回可好了，洋人和官兵困不死咱们。但不知这粮食上哪儿去运？"

杨三说："这你不用担心，俺们松花江其塔木那疙瘩就是产粮区，松花江水一浇灌，粮豆丰收，有的是粮豆和谷米。只要有我这匹小白马，就什么都不用怕了。"

说走就走，杨三立刻骑上马就回了其塔木。他不敢回杨坡屯子，就去了土城子。他把义和团抗击洋人缺粮草的事一说，当地百姓家家筹粮草，支援义和团守住黄泥川古城。而杨三呢，他天天骑马往古城里运粮草，使得古城粮草充足，敌人更是百攻不下。

　　这一天，杨三骑马运来了许多大豆和黄米，黄泥川的义和团与百姓在刘二哥的带领下，决定感谢杨三送粮，庆祝守城胜利。

第六章
惊动四方

夜晚，天渐渐地黑下来了。

黄泥川城外的草丛和树丛中，围困城池的官兵和洋人一个个疲倦地躺在帐篷里。这时，天上的月亮从海洋上升了起来，高高地悬挂在深蓝色的大海上空，向四野散发着银白色的光华。草棵子里，蛐蛐在鸣叫，一群群的萤火虫在飞舞。

黄泥川古城的上空，飞起一对一对的大灯笼，红红的，十分夺目。和着晚风，从里面还传出鼓乐和悠扬的喇叭调。那是一种欢快的喇叭曲，《海碰子歌》《航海号子》《撒网号子》等等，城里香烟飘荡，琴声齐鸣，一片欢声笑语。

在困城的草丛中，走出了俄军头目阿列克塞耶夫。他侧着耳朵往城里听了听，觉得不对劲。为什么他们已经苦苦地困了三个多月的城池，城里不但粮草不断，还传来欢声笑语？

他把眼珠子一瞪喊道："王总兵！"

辽东总兵王哈立刻答道："王哈在。"

矮胖的辽东总兵王哈，心里虽然也恨这些侵占了辽东的洋人，但无奈朝廷已经答应人家洋人，要保卫他们的在华利益，共同剿灭义和团、长毛、红灯照，所以一副奴才相毕露。他听阿列克塞耶夫一叫，立刻满脸堆笑地从草地上的帐篷里走了出来。他往前走了两步，又扑通一声给挎洋刀的洋人跪倒，猪脸一扬，蛤蟆眼一眯，说道："大人有何吩咐？"

俄军头目阿列克塞耶夫说："那座城里，为何这样的热闹？"

王哈说："不瞒大人说，他们是在过节。"

俄军头目："过节？"

"是，大人！中国人过中秋节。"

"他们在乐？"

"是的，大人，过节都会乐！"

阿列克塞耶夫上去给了王哈一脚，一下子把王哈踢倒在地上。他气得哇哇乱叫，大骂道："这些长毛一定得到了上帝的宝物啦，不然怎敢如此放肆！告诉你们皇上，再过一个月，如果再攻不下来黄泥川，我们就对紫禁城、对京师、对你们的皇上，不客气了……"

"是，是，是！"

王哈连连称诺，不敢抬头。

第二日晨，王哈骑马迅速回到辽东衙门，把统领、副统领等人叫来，说出洋人又发大火了，限令即日查清黄泥川的情况，不然洋人就要对朝廷翻脸。他觉得此事关系重大，他要进京师面见皇上，奏报此事。副总兵和副都统都让王哈快些进京去禀报，一旦误了军机，洋人怪罪下来，后果不好收拾。于是，衙门立刻备轿，王哈连夜进京去面见皇上。

清后期的古都北京，苍郁的紫禁城刮着秋风，落叶飘落在故宫的林荫道上。虽然是金碧辉煌的大殿，但许多路面砖石已有损坏，石缝里已长出荒草。王哈在一排手持兵器的武士面前跪倒，一会儿，一个太监站在台阶上宣旨："王哈总兵晋见皇上！"王哈一步一叩头，行往内殿。

乾清宫内，在金銮宝座上，坐着光绪皇上，旁边站着满朝的文武大臣。

有人附在王哈耳边小声说："话要好好说，皇上正火着哪！"

王哈小声说："谢公公。"

于是急忙跪下，说道："辽东总兵王哈叩见皇上。吾皇万岁！万岁！万万岁！"

光绪皇帝一见王哈，气得一拍龙案喝道："你个蠢材，可让朕说你什么好？十万大军，竟然连个小小的黄泥川城池也攻不下。是不是又惹洋人生气啦？"

"是！是惹人家生气啦。"王哈跪着往前爬了几步，磕头有如鸡啄米，很委屈地说道，"圣上息怒，圣上息怒啊。奴才有罪，罪该万死。我是怕洋人头目阿列克塞耶夫再发怒，不敢怠慢，今迅速进京见驾。不是奴才不配合洋人，可实在是奇怪，我们一连困了三个月啦，不知怎么回事，城里的长毛还是粮草充足。皇上，黄泥川城里一定是出了什么聚宝盆了！"

"聚宝盆？"光绪皇帝一听，也实在是觉得奇怪。他于是又对王哈说道："你要立即派人混进城里，详细查查那里的虚实。献上所得的宝物，将功抵罪。"

王哈连连称是，跪退下殿。

插有义和团大旗的城门楼上，上面刻有"黄泥川"字样，大门开处，一些百姓在门洞里来来往往，刘二哥的海碰子刀会的兵丁们正在门口盘查所有进城的人。

黄泥川城里的街道上，行人熙熙攘攘，古老的街市上，摆着各种杂货、吃食，两旁的布店、靴子店、马具店、铁匠铺应有尽有。街市中心的鼓楼前，卖艺的、摆摊的，还有演杂剧的，十分红火热闹。街口，刘二哥正领着新来的兵丁们操刀习枪，红灯照、小刀会的男女拳师正在下拳，围观的百姓不时高声喝彩。

在鼓楼下的墙上，贴着一张义和团的布告，只见上面写着：

"凡吃了中国俸禄的人，应按中国律法，遵守公正旨意，如予外洋助力，必受严惩，……扶保中华，逐去外洋……遍方铁道，俱将毁折。"

旁边还有一张告示：

"如有败类胆敢投靠洋人，定杀勿论！"

这时，来了一个贼眉鼠眼的人，站在告示前面读着上面的文字。突然他四外瞅瞅，大声喊着，"收猪鬃啦！谁有猪鬃？"然后急忙挤在观看操练的义和团人马中，四外地看开了。

就在这时，街道上传来"嘭！嘭！"的敲锣声，一个义和团兵丁手里提着一面铜锣，边走边敲边喊："众父老周知，黄泥川的城民周知，开始分粮啦！各家赶快回去取口袋，都集中到龙王庙前，分粮啦！"

猪鬃贩子一听，急忙混在散去的人群中，一块儿赶往城内龙王庙前的旗杆场子。他来到那里，不觉大吃一惊，只见庙前广场的旗杆下堆放着一袋袋整齐的粮袋子，再吃两个月也是吃不完哪！就在他盯着那些粮袋出神时，突然听到百姓呼喊起来："来啦！杨三来了，快马来了！"

随着空中传来一阵咴咴的马鸣，猪鬃贩子抬头一看，只见蓝天之上，一个英俊的小伙子骑着一匹白马，驮着粮袋子奔了下来。

那马，从空中一下子就落在了地上，人们立刻围上去，把驮在马上的粮袋子卸下来，然后有的给杨三递水，有的递手巾，让他擦擦汗。还有的给他送水果和海物，真是亲热透了。

还有的小孩子走上来，搂着小白马的脖子"打提溜"。那小白马也乖，还一个劲儿伸出粉红色的舌头，去舔小孩儿的鼻子头。

人们卸完粮食，那个叫杨三的小伙子一下子又骑在马上，那马前腿一扬，一下子飞跑起来，转眼间就不见了。

猪鬃贩子看傻了眼，哈喇子都淌出半尺多长。他自言自语地说："我的妈呀，这马可真是一个宝啊……"

旁边正好有个等着分粮的老汉说："那是。有了它，朝廷官兵和洋人休想攻下黄泥川。"

"对，对对。"猪鬃贩子连忙接过话去，然后又给那老大爷点上一袋烟，又问，"大爷，可不知道这种马产于何地？"

老人说："听说这马，产于长白山下的七大树。"

"七大树？"

"对，是七大树！"

"中国的马最出名的是乌审马、顿河马和伊犁马，可还没听说过这七大树。"猪鬃贩子故意地问。

老人又补充说："听说也叫其塔木。是老宽城子一带一个叫'乌拉'的地方。乌拉就是吉林乌拉，朝廷的衙门都设在那儿，还设有满官。那地方产粮，又出了一匹这样的马。听说在早，这个骑马的叫杨三的小伙子就在其塔木给一个叫杨坡的大地主扛活，这马就是杨三从杨坡的马群里牵出来的。"

"谁?"

"大地主杨坡。"

"啊?是杨坡?"

"怎么,你认识他……"

"啊,不不,不认识!"

那猪鬃贩子吓得连连摇头,说:"这说的是哪里的话,我怎么会认识他。收猪——鬃猪毛啦!"说完,他赶紧吆喝起来,接着急忙离开这个等着分粮的老汉,消失在人群之中。

说来也就是巧,这个收猪鬃的贩子不是别人,他是王哈手下的一个军师,他是被王哈派进城来专门探听黄泥川为何久攻不下的内幕来的。

辽东衙门军师迅速溜出黄泥川城,他连夜赶到了辽东总兵王哈的大帐里,脱掉猪鬃贩子的上衣,上气不接下气地说道:"大人,可不好了!"

王哈说:"别急,你慢慢地说。"

军师就把他探听的事情的经过一五一十地说了一遍,又加了一句:"这匹快马,就是从其塔木杨坡家牵出来的。那骑马的原先是他家的一个长工,叫杨三。大人,想当年,你的老家不也在吉林乌拉的其塔木吗?"

这一句话,提醒了王哈。

原来,这王哈正是吉林乌拉其塔木王家烧锅人士。清雍正年间,祖上曾任辽东兵部副都统,他随父迁往辽东,后自己也担任朝廷的吏部官职。随着辽东战乱不断,朝廷又任命他为辽东总兵,所以吉林家乡的事他是记忆犹新。

想到这里,王哈气得一拍桌案,跳了起来骂道:"好你个杨坡老狗,你让你的长工牵出一匹快马来帮着长毛攻打官兵,这不明明是和朝廷作对吗？看我这次亲自把你押入大牢，满门抄斩！"

就在王哈气得在军帐里暴跳如雷时，帐篷外突然传来："且慢！"原来是俄人头目阿列克塞耶夫走了进来。

看来，他是在帐外听了多时。

阿列克塞耶夫说："总兵大人，先不要发火。我和你一起去其塔木。你们中国妖多怪多，可我们洋人又有枪，又有炮，我保护你，可以辟邪。看来你认识那个杨坡？"

辽东总兵王哈说："大人，我认识他。扒了皮我都认识他！"

阿列克塞耶夫说："这马这么好，他为何会给那个长工杨三，这里面定有因由，定有因由……"

俄人阿列克塞耶夫不停地分析着，而其实，这个早年随其父辈越过黑龙江和乌苏里江，到中国专门刺探情报的"探险家"，对中国民间的各种"奇事""怪事"他最感兴趣了。其原因是他的一种与生俱来的习惯，他要得到中国的"宝"。他知道，每一件奇事背后，都有宝贝。这个人，是一个老练的侵略者，当年，他的父亲，老阿列克塞曾经率领上百哥萨克潜入中国黑龙江和乌苏里江地区，所谓的"探险"，其实是刺探中国北疆情报。

有一天，他们潜入中国北疆边境后到达了一个楚科奇人的部落，只见部落旁的树林里，在枝叶繁茂的树木下有一个小神庙，样子像一个小木橱，有两扇敞开的小木门。木橱里面放着一张有四条腿的小桌子，前边地上插着两根大杆子，庙里背壁上贴着彩画纸马，画着一个老者，手持斧头坐在群山之间，老者两侧各站着两个人物，在他们每个人脚旁各蹲着两个动物。这是楚科奇部落人的家庙。这时，他派出的哥萨克回来告诉他，当地人对他们不友好，不肯卖给他们食物。老阿列克塞摇摇头，自己亲自进了部落。

他知道，由于俄国人多年的越边侵略、骚扰，中国北疆部落的人很反感和恐惧他们。他们要主动"拉拢"这些人，于是老阿列克塞拿出许多不值钱的东西送给那个部落的一个害了眼病的头人，终于感动了对方。记得就在老阿列克塞走时，这些部落的人又追上他们来给他们送鱼和粮食，原因是中国人收了他们的东西。告别时，这些被部落头人派来送东西的楚科奇人还按照通古斯人的习惯，对赠给他们礼物和赠给病人药物的人，再三致谢，感恩不尽。

但是，老阿列克塞却命手下的哥萨克将这些送东西的人都绑起来，勒死了，然后又命人将尸体再送回楚科奇人的部落，说是这些人途中受害，是被他们救下的，又受到头人真诚的款待。所以这是个老牌的入侵者，连中国人的风俗都已经懂了。而那座中国民间的"神庙"，就在老阿列克塞撤回时也一起带回了俄国，至今还摆在他的"战利品"仓库里。而且父亲常常对他讲述入侵中国时诸多"教训"的故事。因此他记得很深。他在中国处理每一件事，目的都是既制服了对方，又把人家手里的那种好东西、物件，同时也要搞到手。现在，他听到王哈认识杨坡，一条新的计谋又在他心中生出。他要从"根"上解决问题，而且说不定，还有许多这样的马，都要弄到手。

对于阿列克塞耶夫提到他要和王哈一同前去吉林乌拉的其塔木抓捕杨坡，王哈却表现得十分感激，于是他和阿列克塞耶夫等人带上几个办事用得着的人立刻由旅顺要塞动身，前往吉林九台其塔木。

其塔木老屯杨坡的家，这些日子一直笼罩着一种紧张的气氛，他自己也是丧气连天。

先是他的许多"家底"，他正在清理，却不想让杨三骑着马一溜烟工夫给收了个精光，丧财不说，这么好的一匹快马，他怎么就那么轻易地让杨三给牵走了呢，而且，还是自己和人家签的文书，不许反悔！由于一股急火，自己的爹、娘在一个月内双双亡去。他真是要活不下去了。

最让杨坡难心的是，近日他从土城子一带听说，杨三在那里筹集粮食，以快马运到辽东的"阿瑟港"一带，支援义和团打官兵。这事让他彻底害怕了！这事要是让皇上知道了，还不得把他杨家的祖坟给掘个底朝上啊。

连日来，杨坡觉得牙疼得要命。

他的两腮肿得鼓鼓溜溜的，成天煮药、熬药，他疼得在院子里直哼哼。管家高友走进院子，又给他带来新的消息说："东家，现在杨三出名了，听说辽东义和团的粮草都是他骑着快马运的！"

杨坡一听，对管家高友大骂："你给我滚出去！你这个王八犊子！当初要不是你出这个损主意，说用一匹马顶三年的工钱挺合适，我能答应他吗？"

管家高友挨骂，急忙跑出了院子。

杨坡走进屋子里，他躺在炕上边哼哼，边自言自语地说道："这可怎么办呢？这都是我自个儿造下的孽呀。谁让我图便宜，上集雇了杨三这么个长工？可坑了我了，我倒了八辈子血霉。"

这一日，烈日当空照，正是秋老虎暴晒的季节，其塔木乡间的土道上，突然腾起了一股黄尘，是一队人马来了。走在前面的，正是辽东总兵王哈与俄国人头目阿列克塞耶夫。

第七章
杨坡厄运

这队人马进了其塔木，径直奔往杨坡家。

其实，就在王哈和洋人往其塔木来时，管家高友就慌忙到上屋禀报："东家，可不好啦，祸惹大了！朝廷来人啦……"

听到这个消息，杨坡觉得天旋地转，接着眼前一黑就迷糊了过去。

还是高友管家稳重，他指挥家丁："快！快掐人中！快浇凉水，喷凉水……"

家丁端来一葫芦瓢凉水，高友含在嘴里，然后又噗地一口喷在杨坡脸上，并把半瓢拔凉井水泼在杨坡老脸上。好半天，老杨坡才哼了一声。

是福是祸，躲也躲不过。清醒之后，杨坡赶紧收拾自己，因门外鼓号齐鸣，是朝廷的使臣到了。杨坡赶紧强打精神，带领全家老小，出来到门口迎接。

前边的两匹马上，正是王哈与洋人阿列克塞耶夫。

王哈骑在马上，顺手从怀里掏出早已拟好的写在一卷黄纸上的"圣旨文书"，慢慢展开。并宣：

"杨坡听旨！"

杨坡说："奴才接旨！"

说完，扑通一下跪在王哈马前。

王哈宣："圣旨到。时当国难临头，圣上获悉为长毛运送粮草之快马和叛逆之人杨三，均出你领地，那马又是你亲手送给长工，并派其与朝廷作对。大胆杨坡，你豢养小人，为朝廷添忧，本该依章从办，就地正法。但念如今长毛未除，圣上给你一个戴罪立功的机会。限你十天之内，缉拿杨三，收回白马。如再贻误军机，当满门抄斩，定杀勿论。"

王哈宣完，又问："听清了吗？"

杨坡连连说："是是！听清楚了，听清楚了。"

杨坡刚答应完，这时又昏过去了。两只眼睛直翻白眼，家里人又慌忙给他浇凉水，掐人中，他才醒了过来。杨坡吩咐家人："快，快备酒上菜，好好款待贵宾，为朝廷命官和洋大人接风洗尘！"但其实他早已认出王哈。这个家伙一贯装腔作势，自己祖上就和王哈不和。他认为这王哈是趁机报复，但表面上又无可奈何。只好碍着面子说："请！二位乃座上宾客，我要好生款待。"

既然限定杨坡十天之内缉拿杨三，王哈总兵干脆就不走了。他不能离开杨坡的家。他命杨坡将上房腾出来，作为他自己的临时行营。当他要给阿列克塞耶夫也腾出一间住室时，阿列克塞耶夫却摇了摇头。

王哈不解其意，问："总督大人，那您上哪儿去住？"

"我，我自己有地方……"

阿列克塞耶夫老谋深算地笑了笑。

原来，阿列克塞耶夫这个旅顺港总督十分狡诈，他对中国人处事十分警惕，他认为他们来缉拿杨三，绝不会一帆风顺，所以他尽量躲开这个"是非之地"。他通过关系，早已与建在其塔木土城子天主教堂的教父伊尔森联系上了，他要住在教堂那里等上十天。一方面，那里环境好，伊尔森教父又是自己人，谈话方便，谋事顺利。一旦杨坡抓住杨三，他便可以牵马回彼得堡，成为皇家私有财产。如果得不到，有什么是非，他不在矛盾之地，一切纠纷又与他无关。

他觉得自己的安排十分周全。

可是他万万没想到，人算不如天算。一场天大的厄运正在等待着他。

再说，俄人阿列克塞耶夫在旅顺口驻防，他的母亲老伊丽莎白和独生女儿洛科娃一直跟随，夫人留在彼得堡看守家园。听说父亲要到吉林乌拉松花江边的一个叫其塔木的乡村执行要务，而且要待一些日子，正好在旅顺读医专的女儿洛科娃偏要跟父亲来玩玩，一来是散散心，二来是看看东北的田园风光。开始，阿列克塞耶夫坚决不同意，因那其塔木毕竟是一处人生地不熟的地方。

但不知怎么，女儿洛科娃做通了母亲伊丽莎白的工作，于是母亲出面，让儿子带孙女去见一见松花江边的田园风光。说孙女从小在大连、旅顺海港长大，特别想过几天农家田园风光的生活。实在没办法，阿列克塞耶夫就在到其塔木的第二天，派自己的马夫回旅顺，把女儿洛科娃接到了其塔木土城子屯的俄国教堂。

土城子俄国教堂的教父伊尔森与驻守旅顺要塞的总督阿列克塞耶夫本来并不熟悉，但自从甲午战争和辽东爆发义和团事件以来，阿列克塞耶夫的大名屡屡传来。如今，他来到其塔木执行公务，伊尔森教父这才与此人得以一见。

为了接待总督、总督女儿和马夫等人，伊尔森特意在教堂后院腾出两间豪华房间，一间留给总督大人，一间留给他的爱女洛科娃姑娘……

土城子天主教堂是那种早期建造的老式教堂，后院有一个挺大的园子，平时种着一些大葱、茄子、菠菜、小白菜等时令蔬菜，还种着许多葡萄藤秧和苹果梨树。这都是松花江其塔木一带的"土特产"。而且秋天，正是葡萄硕果累累，苹果梨发红，飘发着清香的时候。这葡萄园后墙，有一个小门，旁边是马厩，出了小门，后面是一片平地。这是教堂的用地，没什么可种，伊尔森教父就把它当成了跑马场，有时牵着马在这儿遛遛，不远处，就是一片黑松林，过了这里，就是松花江了。教堂其实就靠着松花江西岸。

自从阿列克塞耶夫到来，伊尔森也算有了伙伴了。这个老教父每天陪着远来的总督散步。总督的女儿有时在葡萄园和果园玩，有时到跑马场遛遛马，或到江边看江水，真是一派十足的田园风光。

对于总督阿列克塞耶夫来捉拿杨三，老教父伊尔森持有不同看法。因那时，长白山和吉林一带的义和团还没有大批起事，一些教堂也保留下来了。伊尔森和总督边散步边说："中国人其实是善良的。我来中国传教已经一辈子啦。就说杨三吧，有一回教堂失火，他还亲自骑马提水，这才救住了火！"

"不！不不。"总督阿列克塞耶夫半笑不笑地摇摇头，说，"其实中国人，你的不懂。他们有善良的一面，这个我承认。但对于善良我们要利用……"

"利用善良？"教父说，"这是罪孽，这不是天主的旨意……"

阿列克塞耶夫说："不不。其实我们说的不矛盾。善良是什么？善良就是愚昧。要以此来制约他们……"

"善良是愚昧？你这是伤害。"

二人争执不休。伊尔森教父无奈地摇摇头，说："阿列克塞耶夫先生，其实，我们俄国人到了中国人的国家，占领了人家的国土，现在又要抓人家，这一切，都与天主的教诲相违背。"

"哈哈哈……"

阿列克塞耶夫狂妄地笑起来，他对伊尔森教父的提醒不屑一顾。

但是，他作为总督来到教堂还是尊贵的客人，况且还带着女儿，于是这个好心的教父也不便多说什么。

再说杨坡家，这些天处处飘荡着愁云。

怎么办呢？十天期限，如果不捉到杨三，抓住那匹马，他的老命就要完了。而且天天这辽东总兵王哈都要到他的房里来，催问他事件进展如何……

杨坡共有三个儿子，这一天，他把孩子们都叫到上屋。他躺在炕上，地上的炉子上，坐着药壶。那药熬得呼呼地开着。满屋子都是浓浓的药味儿。

儿子们一个个垂头丧气地站在他的面前，大家拿不出一丁点办法。别说现在抓杨三，如今就连杨三的影子都见不着。

突然，杨坡一拍炕沿坐了起来。他说："来人哪！快去把管家高友给我找来。关键时刻，这个东西总是能拿出一个点子来！"

家丁答应一声出去了。

不一会儿，管家高友走了进来。他说："东家，你找我？"

管家高友，两只贼眼转来转去。其实他早已懂得东家叫他来的意思。

杨坡头上缠着一条蘸湿的给发烧降温的白手巾，像个孕妇似的坐在炕里的暗处，地上也不亮，高友站在门口的暗影里，杨坡看不清管家高友的脸部表情。

杨坡头也不抬，犯愁地说："管家呀，高友啊，老爷我这些年待你不薄，现在已到了我杨坡生死攸关的节骨眼儿上了，你怎么还不给我拿个主意？我这些年是白疼你、白惦记你啦。"

高友一听，两道细眉往上一挑，其实他已有了一个主意。可是，他按捺住自己内心的得意，开口说道："东家，这么大的事，我能不着急吗？只是近来我有大事忙不开呀……"

杨坡听出他话中有话，便说道："什么事忙不开？"

高友说："给我女儿找个门当户对的人家。正在相看，也得准备嫁妆啊。"

虽然在黑暗里，杨坡看不清高友的面孔，但多少也能听出他的弦外之音：罗锅上山——前（钱）紧。

杨坡来得也快，忙说："管家，你这不就外道了吗？你跟随我这么些年，孩子的终身之事是大事，缺钱，早点知会一声，为何单等此时。来人哪！"

家里账房答："在。"

杨坡说："快给管家高友兄弟拿上五百吊，算是我杨坡的一点心意。"

"是，是。"账房出去了。

高友在黑暗中眨眨狡猾的小眼睛，献计说："东家呀，其实抓住杨三我有一个好办法，这事包在我身上。"

杨坡说："啥办法？你快说！"

高友却说："不过，东家……东家，你还得答应我一件事。"

"哎呀奴才!"老杨坡急的,屁股底下像坐了个针毡,来回摇晃着说,"哎呀你呀,事到如今,你还在吞吞吐吐。好吧,只要我能办到,什么事我都答应!"

　　高友趁机说:"东家,只要你答应,咱们两家联亲,把我小女儿,嫁给你的小儿子。你方才的随礼,也都归你们家了。怎么样?"

　　原来,"根"在这儿。

　　但是,这高友管家已跟他杨坡一辈子啦,两家也都熟悉。高友这人,除了想攀高结贵之外,别的也没什么。两个孩子也都同意。只是杨坡嫌高友是自己手下的奴才,怕沾了奴才气,一辈子发迹不起来,所以一直没有吐口。可眼下,这狡猾的高友在这儿等着他。

　　他一想,干脆算了,答应他吧!这也是节骨眼儿上。于是杨坡说:"唉——奴才呀!行。行了!我答应你了。有屁你快放吧!"

　　杨坡气得发昏要死,但为了听管家高友的主意,也只好如此。因为平日里他依靠高友出主意习惯了,有事不听他的主意,就活不了。

　　但杨坡心里暗想,等我静下心来再收拾你这个鬼东西。

　　但这高友可不是傻瓜。他说:"东家,说话办事空口无凭不行,这不是你我的性格。有些事,也怕日后不便记忆。这样吧,您老还是出个字据吧……"

　　"我的老天爷!"杨坡真佩服高友的心计。他耐着性子,只好写出了一张杨、高两家联亲的字据,并双方当事人签了名、画了押。

　　高友收好字据,这才走到杨坡耳边低声地说出了自己的主意和打算。又加了一句:"老爷,此事只有这一招能兑现。"

　　杨坡听着听着,脸上果然由忧伤一点点地露出了笑模样,最后他哈哈大笑起来，连连叫道："妙计！妙计。真是想绝了。高友哇，等此事成功之后，我愿把草甸子分给你一半！你占东其塔木，我占西其塔木。什么他妈你的我的，咱俩联了亲，兴许都成了你的……"

高友也乐了："谢东家。"

杨坡说："你快去安排吧。可不能走漏了一点儿的风声。"

高友说："你就把心放在肚子里吧，东家！"

望着高友管家走出屋子，老杨坡喜形于色地说："哈哈，这回他杨三和快马都跑不了啦。"

夜晚，其塔木一带夜色墨一样的黑，草甸子、草塘子深处，不时刮来阵阵冷风，村屯里七大树的叶子被风刮得哗哗直响。不知谁家的狗，不停地狂吠。

护屯队的梆子声，一声一声地响着，敲得有些让人心烦意乱。远处，还有松花江的江水涛声一阵阵涌来。鼓打四更，杨坡家上房门口，突然出现两盏大红的灯笼，上面端端正正地写着两个大"福"字，灯笼后边紧跟着两个婆子，每个人手里都捧着一身新衣料。这伙人，由管家高友领着，直奔西厢房的一间小仓房走去。西厢房一间低矮的屋子的窗纸上亮着灯光，印出了一个姑娘的身影，那就是小香。

自从杨三被老地主杨坡辞退，小香心中很是惦记，杨三怎么样了呢？自己什么时候也能逃出虎口，与杨三哥哥一起远走高飞，过好日子去？

后来，她听说杨三领走的是一匹上好的快马，而且，又听说杨三加入了义和团，专门给义和团的勇士们送粮，打洋人，她更高兴了，真恨不得能随时飞出去，跟上杨三哥哥远走高飞。

可是，想是想，惦记是惦记，杨坡家对她看管得很严，不许她出院子一步。而且，自从杨三走后，杨坡让小香搬出马圈西边的窝棚，特意住到西厢房里的一间，这等于对她好看守好管教，也好控制。但小香的心里，时刻装着杨三哥。

夜晚，小香坐在茶油灯前，她用头卡子拨一下灯捻，仔细看了一眼那咔咔作响的灯芯子，心中不由得想起了心上人杨三哥。

火苗"蹦"，心相通；火苗"跳"，喜讯到。这是一种民俗，小香嘴唇一抿，乐了。她心里说："灯花跳跳，灯花爆爆，杨三哥哥，快快来到……"

想到这里，她站起来，听了听外面，村庄和荒野一片寂静，没有杨三哥哥的脚步声，只有夜风在吹刮。

从前杨三哥哥在杨家时，她一想他，就会听到他的箫声，而且，杨三哥哥就会来到她的身边。有他在，多累多苦的日子，也是甜甜的，津津有味。

想到这里，两行晶莹的泪滴，不由得从小香俊俏的脸蛋上，慢慢地淌了下来。于是，她一边给杨三绣着一双鞋帮上的花纹，一边轻轻地低声唱起了东北民歌：

> 土豆花开一片白，
>
> 妹盼哥哥快回来。
>
> 妹是一棵苦花菜，
>
> 哥哥不来花不开。
>
> 哎哎哟哟呀，
>
> 哥哥不来花不开。

棒槌花开红似火，

妹盼哥哥快救我。

吃糠咽菜妹愿意，

喝口凉水心乐和。

哎哎哟哟呀，

喝口凉水心乐和。

七月里来七月七，

天上牛郎会织女。

神仙都有团圆日，

我的哥哥呀，

我们啥时能相见……

小香正轻轻地流着泪，唱着、想着，突然，房门一下子被撞开了，小香惊恐地抬起头来，只见一个提着灯笼的仆人走进来，高声说道："给小香夫人道喜啦。"

小香吓得往后一躲，这时管家高友领着几个托着礼物的用人、婆子走了进来。

高友满脸堆笑地说："小香啊，你的喜期快到了。老爷准备纳你为四房，后天就拜天地，属于明媒正娶。今天让我来给你道道喜，并给你放一天假，明天你可以到野外给你死去的父母上上坟、添添土。以后，可就不许再出院啦……"

说完他一使眼色，那些婆子、用人放下衣料、服饰什么的，管家高友赶紧领着众人走了出去。

房门大开，夜风呼呼地刮进来，把门窗扇子刮得啪啪响；屋子里的小油灯，被这冷风吹刮得那火苗颤颤巍巍地抖着、跳着，突然挣扎了一阵子，终于熄灭了……

满屋子一片漆黑。

小香扑倒在炕上痛哭起来，爹呀，娘啊，女儿的命咋就这么苦、这么惨哪！你们走了，扔下女儿一个人在这个世上。现在，坏人当道，杨三哥哥，你为啥还不来救我呀？

可是她没有想到，其实这里发生的一切，杨三是不知道的。他忙于为义和团、小刀会、红灯照那些勇士抗洋送粮，哪儿有空来看望她呀！再说，自己也不能连累杨三哥呀！但她一想，这杨坡要对她下手了，她必须把这个消息告诉杨三哥，看看他能有什么办法呀！

第二天早上，她上杨坡那儿告假，说是去到草甸子上看看自己父母的坟茔，烧烧纸，祭奠一下。杨坡破天荒地同意了，还对管家和手下的人说："不要跟着人家，让人家小香自个儿去走走、去看看。"

对此，小香心里还分外怀有感激。

早上，小香挎着一个筐子，里面放着一些香烛纸码，一个人跟跟跄跄地出了杨家。走出其塔木村子，她来到了洒着霞光的草原上。

秋阳从东边的地平线上冉冉升起来了，把橘黄的光芒洒在草甸子上，草甸子一片全黄，那晶莹的露珠儿就像一粒粒的金豆子，在草叶子上滚动。松花江的水映出天的颜色，灰蒙蒙的，默默地向远方流去。她的脚步停在江边，站在泥泞的滩头上。

水中的倒影，使小香看见了自己憔悴的面容。

她望了一会儿江水，又慢慢地离开江边，向草甸深处走去了。那时，秋天的草甸，草丛已是很高、很深，有些地方，已经没住了人的身影。她走啊走啊，渐渐地消失在茫茫的草丛里了。小香想，如果自己能永远地消失在这茫茫的草原里、青草棵子里该有多好，让世界上的一切烦恼都消失。这时，小香来到一个被荒草罩住的孤坟前，停下了。

她从筐里拿出烧纸，先给爹娘摆上供果，然后点上香，又点上了纸。那烧纸燃起了缕缕的灰烟，直升上晴空……

小香跪倒在地，苦楚动人地哭开了："爹呀！娘呀！你们扔下我一个人，孤苦伶仃地活在世上啊！"

小香的哭声，打动了自然和草木。

小香的哭声，也飘向了四方。

突然，草原上的万里晴空之中，传来咴咴咴咴一阵马嘶。原来，这正是杨三从其塔木土城子往旅顺口黄泥川古城运粮从这儿经过。

马上，那杨三热得解开小褂的扣子，可由于忙着赶路，还是热汗淋漓。来在其塔木草原上空，或者每次路过杨坡的庄稼地或院子，他都要刻意向那里张望，他希望凑巧能碰上小香外出干活，碰上看看，心中断不了对她的思念。杨三也在想，等赶跑了洋人，他和义和团庆祝胜利那天，一定把小香找来，他们一块儿唱歌、吹箫，该是多么幸福呀。

今天，杨三和往常一样，路过杨坡家上方，他特意打个遮阳，往院子里看去，并自言自语地说："小香妹妹，我怎么总也见不到你的影子呢？莫非是杨坡这老狗怕我碰见你，整日把你锁在屋里不成？你不要着急，等我给义和团的粮食运够了、运足了，我亲自来救你……"

想到这里，突然，他发现草甸子深处升起了一缕灰蓝色的烟气，直直地升上天空。而且，还隐隐约约地传来断断续续的哭泣声。

这是谁呢？杨三禁不住勒住马头，仔细一看，正是小香。

只见小香穿着一身破烂的衣裳，双手捂着脸，正跪在那里，哭得十分伤心。

杨三急忙停下马来，落在草甸的深草丛里。他把马拴到草墩上（其塔木草甸上有一种草，叫"拴住驴"，可以绑绳子），然后走过来，高兴地叫道："小香!"

小香正在低声哭泣，忽听见有人叫她，抬头一看是杨三，真是又惊又喜。她有点儿不敢相信自己的眼睛，叫道："杨三哥，真的是你吗？我是不是在做梦？"

杨三说："不是做梦，这是真的。"

小香："你，怎么来的？从哪里来？"

杨三说："我是给义和团送粮草，路过这里，就看见你在这里。你怎么在这里？"

"我……"

小香一听杨三问这话，满腹的伤心一下子涌上了心头。可是，仿佛又一下子说不清，于是她扑进杨三的怀里就哭开了。

杨三也多日不见小香，万分地想念。现在想不到这么快一下子就相遇了，于是也一把将小香揽在怀里。

小香幸福地依在杨三的怀中，脸上流着热泪，却带着满意的笑容说道："杨三哥，人家还以为见不到你了呢。"

杨三急切地问："是杨坡欺负你了？"

小香点点头，说："没有。不过……"

"不过什么？"

于是小香就把事情的经过一五一十地说了一遍，并把杨坡要逼她做四房太太，给她放了一天假，让她到甸子上给自己的父母上坟也说了。又加了一句，"也许，这是咱们最后一次见面啦。"

　　杨三说："那可怎么办呢？"

　　小香说："要不，你现在就领我走。咱们远走高飞。"

　　杨三说："我一定把你带走。咱们再也不分开啦。"杨三摘下一朵野花插在小香的头上，"小香，你真好看哪！"

　　小香幸福地依偎在杨三怀里。

　　草原上的微风，轻轻地拂动着草丛中的鲜花儿，几只蝴蝶在草丛中上下飞舞。杨三亲吻着小香说："小香妹妹，从今往后，我们永远不分开啦。"

　　小香也说："杨三哥哥，没想到，我们会有今天。"

　　杨三点点头，他顺手掏出腰上插着的竹箫，欢乐地吹了起来。这种幸福、动听的箫声，在无边的草原上飘荡。箫声中，二人都想到了当初，那是在其塔木"人市"上，小香头上插着草标在自卖自身，杨三为了还欠人家的债，不得不出来打工，还债；在杨坡家干活，小香挑着一对比人高的大水桶去井台打水；杨三在草甸子上给马刷身子，自己身上让蚊子、瞎蠓咬得起了一片烂包。杨坡和高友指着他的鼻子说："你一个穷扛活的，还想领走个姑娘？死了这条心吧。"义和团刘二哥的队伍，用扎枪刺倒一片片洋人，黄泥川城里的老百姓、义和团正在兴高采烈地分粮；小香头上蒙着一块盖头，正在和心上人杨三拜天地……

　　过去的一切和未来的一切，仿佛是一场梦，现在正如期上演。小香说："杨三哥，从今以后我们再也不分开了。"小香和杨三，两个苦命的孩子，脸上乐成了一朵花。

谁知就在这时，突然，草原深处响起"喔——，喔——"的急促的牛角号声。

杨三心里一震。他急忙推开小香，踮起脚跟朝远处一看，只见一些操着刀枪的人影，正在悄悄地向这边靠近。

杨三吃了一惊，说道："小香，不好了，我们被包围了。小香，你到草甸子上来，有人跟着你吗？"

小香一听，沉思片刻，后悔得一跺脚。

小香说："哎呀，杨三哥，我们上当了。怪不得昨天夜里，管家高友说得清清楚楚，说给我一天假，让我到草甸子上来给我爹妈上上坟。原来，这是他们的圈套哇……"

杨三一手托着下巴，皱着眉在苦思。

小香却不以为然地说："杨三哥，你何必那么发愁！你快把我扶上马，咱们趁现在一块儿走不就得了吗？"

杨三叹了口气，说："小香妹妹，你是不知道哇，这匹马驮着东西时，只能再驮一个人，这是老龙爷爷告诉我的。如果扔掉东西，可以再驮一个人。可是这东西不是一般的东西，这是义和团的救命粮草，咱们怎么能扔呢？"

小香也说："是呀，这可怎么办呢？"

这时，草棵四周的草已在不安地抖动起来，看得出，这是人在里面走动形成的草浪，正在向这边涌来。那些人手里举着的扎枪上的红缨已经能看见，在草尖上晃动着，在草棵里下蛋的小鸟，也被惊得噗噗地飞上了天空。

小香一下子拉住杨三的手，果断地说："杨三哥，你快走，不要管俺。义和团不能没有你！"

杨三唰的一声抽出腰刀，眉宇间三道皱纹，他在苦苦地思索，怎么办呢？

就在这时，草丛深处已传出管家高友狂妄的笑声。高友说："哈哈，抓活的。都给我上，谁抓住快马，我有重赏！"

高友语音刚落，一个家丁猛地闯到了杨三跟前。杨三横刀，与杨坡家丁对峙起来。

家丁看见小白马拴在草墩上，就忘乎所以地奔了过去，他们想拉马、牵马。杨三跨前一步，举刀就砍。那家伙一扭身，举着扎枪朝杨三猛刺。杨三一闪，家丁刺了个空。还没等家丁回过身来，杨三手起刀落，结果了那个家丁的性命。

杨三一把拉过马缰绳塞在小香手里说："小香，无论如何，义和团的粮食不能丢。你快骑马走，我来对付他们。"

小香说："不，杨三哥，你先走！"

"你走！"

"你走！"

二人争执不休。

在这个生与死的关口，这一对年轻人，谁也不愿意丢掉穷人的救星——义和团的粮食！

杨三来不及多想，他眉毛一挑，一下子抱起了小香，顺势把她搁上了小白马的背上。杨三在马背上轻轻地拍了一下，说道：

宝马宝马去老城，

义和大旗映山红。

千秋万代为穷人，

不灭邪恶风不停！

那小白马，一听是杨三的口诀，突然四蹄暴蹬，咴咴乱叫，可是，还是不肯走。

这时，管家高友对一群恶眉怒目的家丁说："你们还站着干什么，快给我抓住杨三、小白马和小香。一个也别想跑！"

杨三、小香和小白马，都在怒视着高友和那些家丁。高友嘴角露出一丝奸笑，阴险地说："我到底把你引来了。好哇，现在你们都在这儿，咱们好说好办，都乖乖地跟我走，不然，可别怪我不客气！"

说着，高友带头冲了上来。

高友的手，眼看就要摸到马缰了。

杨三迅速拍了一下马背，又对小香说："告诉大师兄，千万不要派人来救我！义和团在前线打洋人，杀官军要紧哪！"话音刚落，小白马，长嘶一声，突然四蹄一抖，顿时腾空而起。它驮着粮食袋子和小香走了。草叶子、树条子、枝子、野花碎草，满天飞舞，转眼间，小白马就升在了高空。

由于高友用力过猛，他扑了个嘴啃泥。他翻身坐起来，手里只是紧紧捏着几根马尾毛……

蓝天上，小香骑着马，还在高空徘徊。

高友大喊："快用箭射！射死她们！"

弓弩手们急忙搭箭，一齐向高空射击，但是早已超出了射程。小白马最后长嘶一声，转眼就随着一朵白云飘走了。万里长空，还在回荡着小香的喊声："杨——三——哥！"

高友气得埋怨那些刀手、家丁和箭手，可那些人都不理他，大伙说："不是你下令抓活的吗？"

高友沮丧地从地上爬起来，小心翼翼地揣起那几根马毛。他一挥手中的马刀，恶狠狠地对家丁说："把杨三给我捆起来，别让他跑掉了！"

杨三，嘴里叼着一个草叶，手握快刀，对家丁们喊："来吧，有种的上来！"他拉开了迎战的架势。他看见几个家丁向他扑来，他一口吐掉嘴上的草叶，挥刀和家丁们厮杀开了。

刀光闪动，草末乱飞，刀枪相撞，火星儿直冒。杨三使出大师兄刘二哥教给他的"海碰子刀客"的花刀法，直杀得家丁们纷纷倒地，但为了抓活的，谁也不敢伤他，只是把他团团围住，轮流上前消耗他的体力。

战至夕阳平西，黄昏降临，杨三终因疲倦不堪，寡不敌众，被一帮家丁按倒在地捆绑了起来，押回了其塔木。

杨坡家大院,彩灯高悬,人流穿梭不息。抓住了杨三的消息,传遍了四面八方,各方人士都到了。王哈辽东总兵的屋里,旅顺总督阿列克塞耶夫特意从土城子天主教堂赶来。他和王哈都感到很欣慰,不到十天工夫,便抓到了杨三,这个消息太令人兴奋了。

杨坡家的院子里,杨三被打得遍体鳞伤,又被家丁拖起来,绑在院子里的一根柱子上。但是,虽然抓住了杨三,对于杨坡来说,他还是不满足。他对高友万分恼火,说:"这,都是你出的好主意!你不是说舍出小香,就可以抓住宝马和杨三吗?可现在,小香跑了,光抓住了一个穷小子有什么用?"

高友可是一个好性子。他低着头,任凭东家怎么发火,他都有点认同。

旁边的一张桌上,放着一个木盘子,盘子里放着高友从马屁股上拔下的几根马毛。

杨坡下炕走了过来。他想捏起一根马毛看看,可捏了半天也捏不起来。他终于拿起一根,放到眼前看了半天,那是越看越来气,突然他一抬脚，当的一声，把装马毛的盘子踢飞了。他气得喊叫了一声："来人哪！"

几个打手应声而至："在！"

杨坡说："去，把那穷小子给我砍了！"

"当当！当当！"

其塔木屯路上响起了锣声，几个胸前露着黑毛的刀斧手，押着杨三走出院子，往村子外的一个壕沟那儿走去。

那时，各处的老百姓都听说了杨三被抓的信儿，而且，马没抓着，杨三被捉，今天就要砍头示众啦，乡亲们都从四面八方赶来看。大伙都着急，怎么办呢？谁能救救杨三呢？

先是游街。杨坡要在杨三临死前示众，让人们知道他杨坡的厉害，看今后谁还敢和他作对。谁知道就在这时，高友匆匆地赶来了。高友管家急忙追上押着杨三的队伍，对坐在轿里去监斩的杨坡说："东家，老爷，这，这杨三可千万不能杀呀。"

杨坡说："为啥不能杀？"

高友说："东家，你先息怒。依奴才之见，留着这穷小子会更有用。"

杨坡根本不听那一套，说道："哼！你又给我出损主意。告诉你，我，我不会再听你的了！"

高友说："东家，你听我说。这匹马失掉了主人，它必然会回来救他的。如果你杀了杨三，那这还不容易吗？就当吹灭一根蜡，就像碾死一只臭虫，就像踩死一只蚂蚁。可是马没抓住，它还会给义和团送粮，朝廷还会拿你治罪，洋人还会怪罪下来，我们家的灾，不是还没过去吗？"

杨坡想想，管家说的话是有道理。于是他生气地说："你他妈的成了处处有理啦。好吧，那就先把杨三押回去吧。"

大家押着杨三又往回走。辽东总兵王哈、旅顺总督阿列克塞耶夫等人，都等在院子里。进了院子，杨坡让人把杨三绑在柱子上，大家一块儿进屋了。于是，管家把自己想到的理由又讲了一遍。辽东总兵王哈、阿列克塞耶夫等人都表示赞同。

这时辽东总兵王哈说："管家的话，有道理。现在马还没到手，不能先杀他，留着他会更有用处些。"

阿列克塞耶夫也说："留着他，你要严看死守。"

杨坡连连说："是。二位大人所言极是。但不过……"

王哈问："杨东家，你还有何忧虑？"

杨坡命人给洋人、王哈等倒上热茶，他自己也喝了一口，沉思片刻，说道："总兵大人，不杀杨三可以，因为我现在已抓到杨三了，你们也看到了。但我还是想杀了他，因为日后别再出什么节外生枝的事。之所以如此，是因鄙人有所担心。假如宝马真来救主，我们能抓住倒好，就如方才我们所想，如若抓不到，不是连这穷小子杨三也一块儿放跑了吗？到那时，我们鸡飞蛋打，竹篮打水一场空，这个后果如果出来了，以谁的命抵罪？又是谁的失职呢？"

旅顺总督阿列克塞耶夫吃了一惊，他万万没有想到，这个像一头猪一样的老地主杨坡，竟然能提出这么一个很重要的问题。

于是，事情可出现了僵局。

这时辽东总兵王哈说："此事不难。我会做到万无一失。我把辽东一些兵调来，日夜在院子里死看死守。我就不信，咱们这么多大活人，就能活活地看着他一个杨三在咱们这些人的眼皮底下被马驮走？那咱们不都成一群废物了吗?"

管家高友一看,时机已到,他于是给老东家杨坡使了个眼色,然后说:"那么总兵大人,如此说来,我们也要将杨三交给您了。交给您,也算交给朝廷。至于如何处置,还是由杨三引来白马,还是怎么的,一切都听您的。东家,你看如何?"

老杨坡也很机灵,于是说:"是啊,你看如何?"

王哈没想到,杨坡和管家竟然来了这一手。但一看,阿列克塞耶夫也在盯着他,他于是说:"那好。我这就派人发下火信,遣辽东兵丁过来一营,以便看守杨三不出意外。但辽东兵没调来之前的防卫问题,要由杨坡杨老爷解决。你看如何?"

杨坡说:"那咱们一言为定。"

王哈说:"一言为定。不过……"

杨坡说:"大人还有何不解之处?"

辽东总兵王哈说:"不过,杨东家,咱们可有言在先,此马只要活的,不许打伤打死。明白吗?所以一切,你得听我指挥。"

杨坡想了想说:"这……好吧。"但他心中十分不情愿。谁能保证?如今已抓到杨三,可还交不了差,这不是倒霉吗?

而王哈呢?因他想的是朝廷皇上的话,想要得到这"宝贝"献给皇上。所以他敢于假冒圣旨,压制杨坡,这才达到这个结果。而俄人头目阿列克塞耶夫,他有他的小心眼:这马也太厉害了,多少年了,世上到处都没有见过。一定要设法弄到手,带回老家俄国彼得堡去和从前老一辈掠去的楚克奇人的神庙,鄂伦春人的桦皮船,赫哲人的鱼皮服,还有满族的萨满的神服、神鼓、腰铃,还有满族那精致的神偶,还有雕翎

（这种雕翎是俄沙皇和叶卡捷琳娜女皇最喜欢的东西，只有东北满族先人手里才能有啊）！这一切的一切，比一比，越多越好，他都想要，来者都不拒呀，他要统统带回俄罗斯去……

他们这些人，是个个心怀叵测，专打自己的算盘，等待事态进展，以便看下一步如何动手。

而受苦的只有杨三。他现在被死死地用大铁链子拴在杨坡家院子里的柱子上。几天之后，辽东总兵王哈的人马也到了。杨坡家里，里三层外三层的是重兵把守，真是连一只飞鸟儿都难从这里逃脱。

为了等待小白马出现，来其塔木救杨三，大家好抓捕这匹马，各方势力绞尽了脑汁。不用说辽东总兵王哈，他几乎是日夜不合眼，让守兵陪着，天天站在杨坡家的院墙上房上，观察天空，随时准备先下手。

俄人头目、旅顺总督阿列克塞耶夫干脆把行李一块儿搬到王哈的上房。他们东边一个，西边一个，就等小白马出现，以便占为己有。

这时，也不知从哪儿听来这么一个消息，说小白马认人，马一来，必须穿上杨三的衣裳，马认不出来，便可抓住。而杨三穿的是满族服饰。为了模仿杨三，王哈和阿列克塞耶夫每人做了一套杨三穿着的马褂、坎肩、皮大哈（就是一张皮子，按满族服饰缝成褂子样，还用鹿皮在上面拼出花纹，毛朝外），阿列克塞耶夫还特意让人给他接了一根"辫子"，穿上满族衣服和接上假辫子，这阿列克塞耶夫看上去不伦不类，但谁也不敢笑，也不敢说什么。王哈穿上杨三的那身满族服饰倒挺像。但他也是肥胖如猪，在这一点上，一点也不像。

他们的这种举动和"闹剧"，使杨坡也挺来气。

杨坡想，这是什么事呀？本来就算我杨坡招了个杀洋人、打官兵的长工，可现在长工已经被抓捕在手了，交给朝廷命官、总督大人了，现在本来已没我的事了，可我为啥还卷在这场纠纷之中？天天安排这些人吃吃喝喝造坏各种东西，这个花费谁能受得了？再说，他辽东总兵到吉林乌拉办公事，和地面上的衙门打招呼了吗？要说管，他杨坡应被吉林打牲乌拉衙门管，和你辽东总兵王哈有什么关系？再一个疑点，记得当时王哈宣朝廷圣旨，可杨坡要上前看看，王哈却立刻卷起来了。这是真的"圣旨"吗？真的为啥不给我杨坡看。而且，就是真的，也应由人家吉林乌拉总管衙门来宣读，或由人家陪同来宣。这些事，一直在杨坡心里划个魂儿。

而辽东总兵王哈呢，其实他何尝不知清朝的朝廷程序，你一个辽东总兵，到人家吉林乌拉地面上来抓人，能不先和人家吉林乌拉衙门打招呼吗？古语说得好，县官不如现管呀。你这不是隔着锅台上炕吗？可当时他王哈是留了一个心眼儿。

一是这件事一旦成了，他可以牵上宝马，直接送往京师，独自交给皇上请功，这么好的功不能落在别人的功劳簿上。

二是他有洋人旅顺总督阿列克塞耶夫作陪，在那时一有洋人掺进来的事，朝廷一般都不细究。

三是他为了压住吓住杨坡，确实自编了一道"圣旨"，所以只宣不给看。他心里也有数，一旦事情露了馅了，也是圣上真的有话在先，让他先到吉林摸清情况，寻找宝贝，以献皇上。这有朝廷公公做证。

总之，他认为他浑身是理，做得头头是道。

可是，世上任何事情，往往你越看得头头是道，它越往往会节外生枝，而且生得蹊跷，生得突然，生得让人意想不到。

接着，就出了这样一件事。

这天一大早上，在土城子屯天主教堂度假的阿列克塞耶夫的女儿小洛科娃对老神父伊尔森说："神父大人，我想去遛遛马……"

伊尔森说："孩子，你父亲这些日子公务在身，已经几天没回教堂了，你一个人出去，我不放心。现在天下也不太平！你还是在屋子里等你父亲回来。再过几天，你的假期结束，你也就回旅顺读书去了。"

可是，洛科娃毕竟是个孩子，是个十五六岁的可爱的小姑娘，什么恶劣惊险的世道她其实只从父亲的讲述中知道，说什么，她只是非要到教堂后院的跑马场去走走，而且由马夫哈迈尔陪着，有什么不行？她又让马夫哈迈尔求伊尔森神父。马夫哈迈尔也说："神父大人，你不要管得太多了。这个跑马场，就在你家的院子里，还能有什么意外？"

在洛科娃和马夫哈迈尔强烈要求下，伊尔森神父实在坚持不住了，于是他给他们规定了时间，只许上午在跑马场玩一个半小时，等他第一场弥撒下来，他们一定要回来做功课。

两个人爽快地答应了，走了。

女儿失踪的消息，是在第二天早上传到正在其塔木杨坡家辽东总兵王哈的内室中等待小白马来驮杨三好动手去抓的旅顺总督阿列克塞耶夫耳朵里的。是马夫和神父二人同时来找阿列克塞耶夫并报告这个不幸的消息的。阿列克塞耶夫一听女儿失踪，他一下子昏倒了。后来他醒了，又脱下自己的马靴子，把马夫哈迈尔打了个半死，打得马夫嘴角和耳朵都是血。

可是，有什么用呢，现在需要赶快寻找一下线索，是些什么人带走了洛科娃，他们要干什么？

他们当时就赶回了土城子教堂。阿列克塞耶夫亲自与神父伊尔森、马夫哈迈尔又查看了一遍洛科娃走失的现场。他问伊尔森："一般情况下都是些什么人来抢人，他们抢人都是想干什么？"

伊尔森神父说："总督大人，我告诉你，你一定要做好情绪准备……"

阿列克塞耶夫大叫："不！不不。我不做这个准备。只求你快说……"

伊尔森神父摇摇头，他说："首先你不要担心。我想洛科娃不会出什么事。但你会出事……"

"我？"

"对，是你……"

"什么样的事？"

"准备钱财！大量的。"

"多到什么程度？"

"依洛科娃的身价，大概要出到相当于半个旅顺口的价钱！"

"什么？你说清楚，他们都是些什么人要这么多的钱？"

神父告诉总督大人，这些人可能是"胡子"，胡子，不是长在人下巴上的"胡须"，而是一种"职业"名称，是中国民间的一种组织，又叫"土匪"或"响马"。他们很厉害，但也讲义气。如果你不恭敬人家，他们会生气，然后"撕票"。

"什么是'撕票'？"总督不懂，要细问。

神父打断他的话。告诉他不要问了，一点点地，你就会什么都知道了。但伊尔森又告诉总督，他们什么时候来，这事只有等。那些人会主动来。

消息是三天之后传到阿列克塞耶夫老母亲伊丽莎白的耳朵里的，这个老太太坐着马车来到了其塔木土城子教堂，她扯住儿子阿列克塞耶夫的耳朵，咬得他满脸冒血。她在地上打滚，就是要孙女。

这事是谁干的呢？说起来颇具传奇色彩。原来，在其塔木土城子屯有一户满族人家，老头姓韩，平时也租种着乌拉街衙门"五官屯"的地，闲下来时，他就和衙门的捕鱼八旗的打牲丁一块儿捕打鳇鱼，给朝廷进贡，干得也不错。老韩头老实巴交，但捕鱼手艺高超，特别是引鳇鱼进"鱼圈"是他的拿手绝活。他的活计是，每当打鱼丁在夏天的江里发现了"鳇鱼"，就赶快招呼老韩头，他有一套"哄鱼"的本领和工具，由他负责把这鱼引着"哄"进江湾一带的圈里，等到冬天，天下雪了，大地封冻了，再凿冰把鱼捕上来，捆上黄绸子，运往北京紫禁城去充贡。

人们都叫他"哄鱼的老韩头"。

鳇鱼是尊贵的松花江里的名鱼，特别是鼻子和嘴唇，一点都不能碰坏。每当发现了鳇鱼，哄鱼人要向空中抛出一个笼头，那笼头在空中转了个花，落下来正好套在鱼头上，称为给鳇鱼戴笼头。给鱼戴上笼头，然后拿着吃的、看的，一点点地"哄"它，像哄小孩一样，才能小心翼翼地把鱼哄进圈里。

老韩头干了一辈子这活，可是，一个打牲乌拉的小头目嫉妒他的本领。一次，老韩头引来了两条鳇鱼进圈，这人私自把鳇鱼鼻子捅坏了，然后硬说老韩头没"哄"好，伤了鱼鼻。那时，伤了鳇鱼犯大罪，老韩头就这样摊上了官司，被押进乌拉街打牲乌拉大狱里。老韩头是个刚强之人，一辈子没干过坏事，他一股急火死在了大狱里。老韩头共三个儿子，爹一死，家破人亡，老大老二远走他乡给蒙古王爷种地去了。老三叫韩义，血气方刚，他一看爹被人陷害了，于是他在一个月黑风高的夜晚，持刀闯进那个陷害父亲的小头目家，杀了他的一家三口人，于是投入江湖，报号"混江龙"，在舒兰、永吉的松花江江东一带拉起绺子，专门杀富济贫，成为这一带出名的绺子。

吉林这一带的绺子，其实都和百姓串通一气。他们一是不抢百姓，百姓穷，抢也抢不着啥；二是一有个为难遭灾时，还兴许就能到百姓家落落脚。特别是年节，或庄稼棵子倒了，秋天山林落叶了，他们就自称是"做买卖"回来了，专门上百姓家、大车店、一些老作坊、老旅店等地方落脚，猫冬，所以和百姓谙熟。这"混江龙"韩义绑阿列克塞耶夫之女洛科娃之事，完全是这一带百姓的意思。

你想啊，这土城子屯自从杨三来落脚，大家都跟着借光。人家杨三从这儿给黄泥川的义和团送粮都给现钱，那是大师兄刘二哥筹集来的钱，由杨三到其塔木、土城子屯、卡伦、放牛沟、六台子、波泥河子、莽卡一带来买粮，然后送，从不赊账。杨三又仁义，谁家有难他都帮。家家都受过杨三的帮助。如今，杨三突然被杨坡、王哈、阿列克塞耶夫这些人给抓起来了，百姓能不来气吗？

最心疼杨三的，就是土城子屯的赵大娘，记得那年杨三路过她家，正赶上捞饭笊篱坏了，还是杨三骑着快马上集上现去买的笊篱，回来捞饭小米饭还没转珠呢。

一晃七天过去了，洛科娃没有任何消息。阿列克塞耶夫有点坐不住板凳了。就在第八天头上，有一个挑八股绳的（民间称货郎子）经过土城子屯，特意到教堂，要找伊尔森神父。伊尔森知道，这是"人"来啦，他赶紧把这个人让进了屋里。

果然，这人提议，先不见阿列克塞耶夫。在伊尔森的房间内，他们面对面坐下。货郎子说："我这次来，带来了一封'信'。"

伊尔森遵嘱，待那人走后，他急忙打开了那封信。外面是黄表纸信封，里面才是洛科娃写给阿列克塞耶夫的亲笔信件。

亲爱的父亲：

你着急了吧？先告诉你，我挺好的。这里的人待我很好。他们不打我不骂我，每天还能刷牙。但有一事，他们就是想请你赶快放掉一个叫杨三的人。就是那个骑着快马的杨三。你要能放了他，我也将会获得自由。这件事不能开玩笑，如果食言或者带领官兵攻打山寨，我将没命了，你也永远见不到你的女儿了。一切后果自负。

女儿洛科娃于亮甲山

那时，官兵撤退后，救出杨三也放了洋票。

　　滚地雷队伍里的炮头走上来抱住滚地雷，对杨三说："杨三兄弟你不要见怪，大柜他，他今天许是多喝了些……"

　　一些人也劝杨三，他今天这是在高兴头上，多吃了酒，又一下子想起了那些死去的弟兄。

　　可是，滚地雷不依不饶。他挥刀大喊大叫："别拉着！别拦着我。杨三，你，你小子如果不把马牵来，我，我他妈就叫你知道知道我的厉害。我滚地雷滚过地雷，我怕谁？天下我怕谁呀？"他的这种当面割股匪绺中叫"死磕"，是指和对方较劲，一般人应付不了。

　　他在叫骂声中，被一些弟兄连拽带拖地抬走了。

　　但是，这个庆功酒会是一种即兴式的，而且混江龙已发下话，大家要一喝三天，喝醉了，就在就地搭起的窝棚里住下，睡下，醒了，再喝，再醉。人们乐呀，也就把滚地雷的事渐渐地忘了，以为他酒醒后就会好起来的。但是，对于滚地雷的这种闹，这种酒后吐出真言，倒是一下子提醒了韩义。

　　这天夜里，韩义倒在炕上睡不着了。

他觉得，今天白天，滚地雷虽然是喝了点酒，好像是喝醉了，大闹，大骂杨三，非要买马，这也是一种情绪，但也是一个愿望啊。对呀，自己绑了俄人阿列克塞耶夫女儿的票，逼他以杨三来换，这是多么冒险的事呀。而且惹怒了朝廷，还发下官兵，洋人发了照会，朝廷下令来剿他的队伍，要不是滚地雷这些队伍、绺局、山林队的弟兄们帮着他出兵"递枪"，他是打不过官兵与洋人的。

其实滚地雷说出的话，也是他心中所想。再说，他也觉出，在滚地雷的弟兄们，炮头们抬他的时候，也曾说出一些听起来很刺耳的话，什么"马是人家的！别说买，看都休想一见哪！""宝贝吗。人家的东西，凭啥让你来待见？""咳！不一样的人家！""难道咱们是他妈后娘养的……"

这些话，当时已让混江龙犯了寻思。是啊，这马，太神奇了，大伙都想见识一番，这也是人之常情。你卖不卖不说，让大伙看上一眼总不为过吧……

他翻来覆去地想，突然坐了起来。

他命令下人："去，把杨三请来。"

自从杨三在杨坡家的地窖里被关押起来，到如今获救，杨三一直是沉浸在一种兴奋之中，他已有了一个打算，待这边庆功酒宴完事之后，他要尽快赶回旅顺黄泥川，要与刘二哥义和团、红灯照的兄弟姐妹们一起护城，抗俄兵与官军。本来昨日今天，大家与众匪队的弟兄们庆贺，吃酒助兴，不想突然出现了滚地雷"事件"，他提出要买马。杨三想，滚地雷的话虽然是醉中所言，但也看出大伙都对这白马有一股神秘之感。可是，自己该怎么办呢？

他也是一夜不曾合眼，他翻来覆去地想，是不是可以把小白马唤来，让各绺队的弟兄们看上一看呀。

就在此时，他听传令崽子护兵来报："杨统领，大柜让你来一趟。"（那时，杨三已被旅顺刘二哥义和团任命为副统领）

混江龙大柜有什么重要之事在这时候传唤他？杨三不敢怠慢，立刻穿衣起身，和哨兵一起来到混江龙的上房。

混江龙令哨兵退下，让杨三坐在自己对面。

他说："杨三啊，这深夜我想起了一件要紧的事，才把你叫来与你商量。实在是不好意思啊……"

杨三说："大柜，你我已是朋友，不必客气，请讲吧。"

混江龙说："杨三哪，你说心里话，你的马能卖吗？"

杨三一听又提马的事了，便回答说："大柜，我把根底告诉于你吧，这马，可不是一般的马，它是一匹让龙给戏了的马，所以神奇无比，是不能卖的。怎么，难道你想买？"

混江龙说："不不。杨三啊，实话对你说吧，这马是一匹上等的好马，其实不是用钱和银子能买得到的。当初我不惜一切代价救你，并不是看重这匹马，而是看重你这个人哪！你不计生死，为国为民，这使我韩某佩服，怎么能想到要夺你这个宝呢？只是如今，你也看到了，许多弟兄都对这马感到神奇、神秘，他们其实都想见识见识，说买，那只是一种口实；要看，那是本意。因为谁不知道你还要骑着它去战斗，去给义和团送粮啊？"

杨三一听对方这么说，他一下子听愣了。

是呀，其实这混江龙大柜与自己想到一块儿去了。而他也想把自己的想法全底交给混江龙大柜，看他同意不同意。

于是杨三说："大柜呀，如此说来，咱们已经想到一起去啦！"

混江龙说："此话怎讲？你快说说。"

杨三说："大柜，我已经想好，我想让小白马来和大伙见见面！"

混江龙说："好哇。我也想请你这样。这样一是让大家觉得你杨三是个让人信得过的人，有情有义的人；二是为了报答一下这些人出生入死为解救你的这些恩情。别的你也不要有什么顾虑。他滚地雷白天是喝太多了，他说的话，做的事，酒一醒，也就全都忘啦！"

杨三说："不，我不怪罪滚地雷大柜。"

混江龙说："可你，什么时候去牵马？"

杨三说："你想何时？"

混江龙说："我所定庆功之日，只有三天，如果杨统领能在三日之内把马牵来，我韩某是实在高兴不过的事啦，而且，这也是各路的弟兄们都盼望的事。"

杨三说："那好。那就在庆功宴的最后一天。"

混江龙："哎呀这可太好了。"他又担心地说："可你何时出发？那旅顺距咱们吉林九台八百里地，就是马跑得快，可谁去送信呀？"

杨三笑了。

他对混江龙说："大柜，这你就放心。保管在二日后，我让小白马来到咱们院子里，让劳苦功高的各位弟兄们见识见识！"

混江龙："好。那咱们就一言为定。"

杨三："驷马难追。"

杨三离开混江龙的上房，他心中已经盘算好了一个主意，他要在第三日那天的中午之时，让小白马来到九台混江龙沙河子驻地。他要给众位弟兄一个惊喜。因为，时至今日，任何人都不知道一个秘密，小白马会听他的"叫马琴"的声音。

叫马琴是什么呢？其实这就是东北草甸子上的一种叫"马莲"的宽叶子草，长在道边或车辙上。夏天时翠绿，浓绿，到秋天时开出一朵朵的小紫花，很好看。草根可以制成刷子，用以刷马，民间俗称为马莲刷子。小时，孩子们常常用它来编"马莲垛""蝈蝈笼子""蚂蚱笼子"什么的。但有一回，杨三发现了一个秘密。

那一次，他是在杨坡家当长工时，当时，他已发现了小白马的奇特，所以放马时，他往往让小白马去圈赶马群。一天，天突然阴了，他躺在山坡上睡着了，等醒来时，马群已散开了。他想让小白马去圈赶马群，可是小白马哪里去了呢？

正在他焦急时，他一下子碰到了身旁自己闲着时顺手采下的马莲草编的一个马莲垛，他无意间拿起它摔了一下子，突然，就在这马莲垛落在地上时，他仿佛听到从遥远的天际响起当的一声巨响，是那么清亮，那么遥远，而且，那当当的响声从这里响起，一下子传向远方，渐渐地消失了，可是随后，他惊奇地发现，小白马好像听到了他的召唤，突然从远方的地平线上出现了，而且迅速来到了他的身边。这让他感到很惊奇。以后他又这样地试了几次，这才发现，这匹马只要听到其塔木草甸子上的马莲草扎出的马莲垛一拨动，它无论在什么地方，不论跑出多远，都会马上奔驰回来。于是，他把这种草编的物件称为"叫马琴"。而每一次使用"叫马琴"，他都在内心轻轻地呼唤：

叫马琴，叫马琴，

声音一响飘入云。

快来看看我是谁，

日夜思念你的人。

也真奇怪，每当他拨弄"叫马琴"，心中再这么一想，不一刻，他的马儿准会来的。但是，在杨坡家大院被关押的时候，他是绝不敢这么试的。他也想让自己的小白马来救自己，但又怕小白马落入敌手，不能连累了自己的马儿。再说，他的手脚，日夜都被人捆着，他也采不来马莲草编织不了叫马琴呀。

现在，是时候了。他要试试，再用这种古老神秘的手法去呼唤回那仿佛已很久远的记忆，让记忆回归，让马儿到来。

第二天，这是杨三和众弟兄们、众绺队的兵丁们欢庆胜利的第二日，他趁大伙都在高兴之余，自己悄悄地来到松花江边的甸子上。

秋风吹刮的时日，原野上百花更艳了。风刮来，阵阵花香飘荡在茫茫的地里。杨三却奔向那高坡上干燥的土层上，只见那里一片片盛开着紫莹莹的马莲花。他采下一捆马莲草，抱回了驻地。

夜里，夜深人静时，他关上了门，点上了灯。

这时，院子里一片肃静了。人们欢庆了一天，也都喝醉了，跳乏了，于是一个个都熟睡而去，把一个肃静清幽的夜留了下来。

当那圆圆的金黄的一轮月亮升上中天时，杨三在炕上铺上了马莲草。

那一棵棵翠绿的原野上的马莲，引起他多少难忘的记忆呀。想想自己苦命的一生，被逼无奈来到杨坡家，可是在苦难和劳累中，结识了同样命运的小香姑娘，那是苦难生活中的一丝情意啊。可是，更让他无法忘怀的是，他在群马中发现了这匹与众不同的马，这是一匹多么懂事的马呀，它就是不会说话，如果会，它该多么活泼可爱啊！可是按生命来说，它却是一个聪明而奇特的生命，它已与他杨三结下了难舍之情，没有人能将他们分开。

如今，他已长时间没见自己的伙伴啦，他想它，他要让它快些回来，到自己的身边，再骑上它一块儿去为义和团送粮。

从小编惯了鸟笼子、蝈蝈笼子的手很灵活，杨三在草捆中抽选出一根根直溜的、宽宽叶子又有些硬实的马莲，一根根摆好，然后开始编"叫马琴"啦。一根根的马莲草组合在一起，叠在一起，有的折回叶子，又卷回展开，有的压在上一个叶子上面，再卷插进去别在另一个一起的叶层里。杨三的手在动着，心却早已飞向遥远的黄泥川古城，与自己心上的伙伴面对面了，他在心底说，我的老伙计，明天我们就要见面了！你等着，还有许多人要见见你，你可不要惊慌，这些都是咱们的人，他们和我一样，想见见你，认认你，摸摸你的毛……

这一夜，杨三一直编到天亮，一个青青绿绿的、散发着东北原野草香的马莲垛——"叫马琴"已经编好了。而且，他还编了三个马莲草的球。

对于召唤来小白马，混江龙深信不疑。他还是在昨天便对那些来"递枪"的众绺队的弟兄说，咱们的庆功仪式还有一个能使人惊喜的节目，是在最后，最后一天让大家开开眼界。

好多人忍不住都急着问："混江龙大柜，你有什么拿手好戏还不开场？"

他都说，别忙。好饭不怕晚。但究竟是什么，他还不想说。每天光吃光喝也没多大的意思，也想换一换新的方式。这日早上，混江龙突然对参加庆功的弟兄们宣布，头晌午时三刻，将有精彩节目让众兄弟见识见识。他给大家在山坡上安排好了位置，每个"递枪"的绺子人马坐到一块儿，天照应、滚地雷、四海山、混江龙四位大柜坐在最前边，后边是他们的弟兄们依次坐下，他们的前边，是一块空地，足有二十多间房那么大，又平又整，长着翠绿的小草，可谓一马平川。

这么大的场面，混江龙要干什么呢？

午时两刻，混江龙从地上站起来，他端着烟斗，美美地抽了一口，然后对大家神秘地一笑，说："大柜们，弟兄们，今儿个我混江龙也要露一手，让诸位劳苦功高的弟兄见识见识！你们不是想亲眼看一看快马到底啥模样吗？一会儿咱们好戏开台，请诸位睁大了眼睛看，千万别错过机会。"

大伙都"哦——"了一声，原来是这个！这可太好了。不然打了一仗还不知道保护的人和马是什么样，这能不憋屈吗？

大伙都很乐。

这时，就见杨三出场了。

杨三今儿个打扮、穿戴不一样。就见他穿着一件灰色对襟的夹袄，黑色便行夹裤，裤脚上扎着腿绳，显得十分利落。特别是头上扎了一条红色的头带，带条在头上缠了一圈由左侧耷拉下一角，上面有字，是"义和拳"三个字，真是精神和威武。而且，特别奇怪的是，他手里拿了一个一尺长短的马莲垛。

本来平常的马莲垛人们见过，编完之后小孩常互相拉着跑着玩，可今天这个马莲垛比一般的大得多，而且是琴形，很好看。杨三要干什么呢？大家不知。

正在各绺子大柜们也都在猜测时，杨三已向天照应、滚地雷、四海山他们跟前走来，他先到滚地雷大柜面前，说："滚地雷大柜，一会儿你就能近距离接触小白马啦……"

滚地雷好奇地问："那你手里的这是什么？这不是马莲垛吗？"

杨三说："今天，它不叫马莲垛。"

滚地雷："那该叫什么？"

杨三说："叫马琴。"

"琴？"

"对。"

杨三看着滚地雷不解的样子，又说："大柜，一会儿，我一弹这琴，它就来了。"

滚地雷啊了一声，点点头。周边的人也都跟着啊了一声，点点头，似懂非懂地议论起来。

杨三又分别走向天照应、四海山等诸位大柜，并一一让他们摸一摸、看一看他手中的马莲垛。这时，杨三来到混江龙身边说："混江龙大柜，一切还由你来配合，马来后，你帮我拿着这'叫马琴'。"

混江龙说："好！好。"

此时，货郎子点燃的香火燃烧的刻度告诉人们，午时三刻已到，货郎子高声宣时："午时三刻已到！"

大伙再看，只见杨三已双手拿着"叫马琴"走向了场院中心。他走到那里，一下子坐下了，大家立刻屏住呼吸，有的伸长脖子，有的甚至半蹲起来往前看。可是，四周静悄悄的，没有任何动静。远处，蓝蓝的天空飘荡着几朵白云，也没有任何什么要出现和到来的样子。

这时，就见杨三突然挽起了袖子，接着他把"叫马琴"拿起来，捧在他的怀里了。就见他以左手托着马莲垛，右手像弹琴似的去拨动马莲垛上的草片，突然，整个院落发出一股嗡嗡的响声，像金属的拨动声，又像汩汩的流水声，那声音是那么动听，由院子里升起，一点点消失，传向远方……

传到哪里？其实这个声音一下子便传至八百里之外的旅顺口黄泥川古城里去了，那时，正在吃草的小白马一听到这个声音传来，它突然咴咴地嘶叫了两声，一下子挣脱了缰绳便腾跳上了城墙。

黄泥川的义和团兵士们惊恐地叫道："不好了！小白马要跑了！"

"快点！抓住它！"

这时，小香跑出来，她一看，反而笑起来。小香说："别管它，别管它！它有命令。"

众人："命令？"

小香："对，这是它的主人杨三在叫它。说不定啊，杨三哥要回来啦！"

大伙一听，也乐啦。大伙齐喊："杨三！杨三！"

这时，那小白马果然站在城头上，又咴咴地叫了两声，突然一纵身跳入云间而去。

在松花江边的沙河子混江龙驻地院子里，杨三手抚"叫马琴"在拨动着，而他的心中也在默默地念叨着：

叫马琴，叫马琴，

声音一响飘入云。

快来看看我是谁，

日夜思念你的人。

突然，有人喊："快看！来啦！"

这时，就见遥远的西北天空上，果真飘来一朵云彩，那云彩飘得很迅速，飘呀飘呀，一点点近了。大伙再一看，云彩上站着一匹小白马。云彩来到院子上空，只听小白马在空中咴咴地叫了两声，突然四蹄腾空从云层中奔了下来，一下子落在距离杨三十多米远的草地上。就在大伙惊讶地一同"哎呀"一声时，更让人感动的事情发生了！

就见小白马，突然将前双腿跪了下来，然后它用后双腿蹬地，一点点向着主人杨三爬了过去。杨三也扭过头，扔掉手中的马莲垛，冲着自己心爱的马也爬过去，然后他们一下子搂在了一起……

大伙发现，此时杨三，已双目紧闭，只是紧紧地抱着马头，大颗的泪花从他脸上不由自主地淌下来，而小白马呢，它却伸出红红的舌头，不停地舔着主人的脸，把杨三思念它的泪珠，一颗一颗地舔入口中……

天上人间，如果真有神灵，此刻在小白马与杨三这种亲密情谊中会悟出一个道理：其实人类一定要对得起动物。动物也有一颗心啊。动物也有情啊。人有时却不如动物！

看着人马如此亲密无间，在场的每一个人都不禁发出感叹，啊呀，真是大饱眼福，哪里见过这种场面，这真是人间奇迹，可又是眼见为实。

这时，杨三从沉迷的思念之中顿醒过来，他这才觉得还有这么多人在看自己呢。于是，他拍了拍小白马的脖子站了起来。他把混江龙大柜请到院子中间的小白马前，然后对小白马说："小白马呀小白马，这是我的救命恩人混江龙大柜，你该怎么谢他呢?"

只听见小白马又咴咴地叫了两声，突然，也是前边的双腿一下子跪下，头上下摇了几下，好像在跪拜混江龙，感激混江龙。

周边的人一见，都哗哗地鼓起掌来，齐喊："好! 好!"

这时，杨三又在混江龙耳朵边说了几句什么，混江龙转身走了。

不一会儿，混江龙从屋子里捧出三个马莲草编的草球来，放在院子中间。然后，杨三牵着小白马向人群走来。他走到滚地雷、天照应、四海山等几位大柜面前，一一地向小白马介绍，并一个一个地说出他们的名字。又告诉小白马，为了救出我杨三，这几位大柜分别率领弟兄们如何出生入死地与官兵作战时，小白马都是伸出舌头，分别舔舔他们的手和脸，显得很亲密。

然后，杨三让混江龙大柜把那三个草球拿过来（其实这是昨天夜里他在编叫马琴时就已准备好的），他让混江龙分别将草球发给滚地雷、天照应、四海山。杨三说："各位大柜，这匹小白马不但日行万里，现在它已熟悉了你们啦。现在，请你们试试。"

三人问："试什么?"

杨三说："请你们将混江龙大柜拿给你们的草球，在每个里面放上你们自己的一个物件，然后让小白马再把草球分给你们……"

他们三人惊异地叫道："这，能行吗?"

杨三说："那就试试吧。"

这时，混江龙已将那三个一模一样的草球分给了滚地雷、天照应、四海山三人，让他们去准备了。这边杨三让货郎子（花舌子）取来一条带子，又让他上前给小白马蒙上眼睛。

货郎子这一辈子什么事情都见过，什么事都干过，可对于要给一匹马蒙上眼睛，然后让它去认根本看不见的东西，他有点不相信。他说："这，这能行吗？"货郎子举着布带子，有点担心。

可是杨三却说："货郎子掌柜，你就蒙吧，尽管去蒙。但一定要系紧点，别让布带子掉下来。"

于是，货郎子把布带子向大家扬了扬，抖了抖，然后走到小白马跟前，慢慢地给小白马蒙上了眼睛。杨三又走上来，伸手检查一下货郎子是否系紧系好。

这时，那边的三个草球，也由滚地雷、天照应、四海山分别将一个物件藏入其中，混江龙捧着草球，摆放在小白马跟前。

杨三这时说："小白马，你要仔细了。下面请你将各位大柜的草球，分别送到他们的主人手里吧。"

蒙着眼睛的小白马好像听懂了杨三的话，又咳咳地叫了两声。

全场人都屏住了呼吸，不知道这匹蒙着眼睛的马能否办到。这时，就见小白马一低头，从地上叼起一个球，一溜小跑奔向天照应，把草球送到他手里。然后，它又奔回院子中心，叼起一个草球，又颠儿颠儿地走向四海山，把这个草球交给他；最后，它叼起那剩下的草球，奔向了滚地雷。离着一步远时，它停下了，突然它咳地叫了一声，一仰脖将那草球抛起来，甩给了滚地雷，在大伙一齐欢呼声中，滚地雷大柜站起来一下子接住了草球。

杨三说："请给小白马摘下罩子吧。"

货郎子走过来，给小白马摘下了罩子。

杨三又说："请各位大柜打开自己的草球，看看里边是不是你们自己的东西……"

这时，全院子都乱套了，人们都围过来观看，只见滚地雷从草球中翻出了自己放进去的烟袋，天照应从草球里翻出了自己戴的烟荷包，而四海山则把自己烟袋上的一个核桃坠子也找到了，一点不差！

大伙嗷嗷地欢呼起来，惊奇地跳喊着。滚地雷把杨三叫过来，说："杨三统领，你的马太奇特了，但本人还是不知，它是怎么认出来的哪？而且，我们三人每人也没什么放的，彼此放时也是偷偷地各自将自己身边的东西放进去，又都不知不觉地放的是烟袋之类的东西，它怎么就能分辨出来，这不是太奇怪了吗？"

杨三说："滚地雷大柜，这，一点也不奇怪，马的嗅觉其实是很强的。大柜你想想，在你们开始往草球里放东西之前，我不是牵着小白马到你们每个人面前去嗅你们、亲你们了吗？其实这时，它已经把你们每个人的气味都记在心里了。而你们所使用的东西，虽然都是烟袋一类，但其实上边已分别留下了你们自己的气息……"

"气息？气味儿？"

"对。所以，它很快便能分辨出来，这一点也不奇怪。"

大伙听着杨三的解释，都佩服地点点头。

这时，杨三也看出大伙的意思，都说这马快，但方才一系列的事只能说明这马聪明，有情谊，如何让大家知道一下这马"快"呢？

混江龙也看出了杨三的意思，也知道大伙的想法。他于是走到众弟兄面前说："大伙想看一下这马是如何快，是不是？就让你们中谁能说出一个地方的特产，让杨三兄弟骑马去取，怎么样?"

骑马去取特产，这个法子挺新鲜。但上哪儿去呢? 取什么呢?

大伙举出了千奇百怪的各类特产，什么舟山的海鱼，福建漳州的荔枝，新疆的哈密瓜，还有人想到龙井的苹果梨……

这时滚地雷说:"要说特产，全国各地多得是，我看，就吃咱们长白山龙井那疙瘩的苹果梨!"

大伙也说:"中! 中。"

"对，就吃苹果梨。"

这等于达成了共识。

龙井一带的苹果梨其实是那儿有一个姓张的朝鲜族老汉从前从朝鲜半岛逃荒过来时，他背着一棵苹果树苗，到龙井山上嫁接在一棵山麻梨树上结出的果，好吃极了，从此出名。

混江龙瞅瞅杨三，杨三点点头。混江龙小声问杨三:"多少里地?"

杨三说:"一去六百二，来回一千二百四……"

混江龙有些担心。杨三说:"放心吧，我只是去去就来!"

然后，杨三对在场的诸位弟兄们说:"大伙点上烟，一锅没抽完，我就回来啦! 大伙就等着吃梨吧。"

混江龙冲大伙喊:"去龙井一来一回，一千多里地呀……"

正在大伙议论纷纷时，杨三已翻身上马，只听见小白马咳咳地叫了两声，两条前腿往起一腾，身子像一条龙一样往前一倾便飞上天空。接着，大伙抬头一看，杨三骑着马在人们的头上空中打着旋，一旋，两旋，三旋之后，那马又咳咳叫了两声，这才一蹿，驮着杨三奔东南而去了。

大伙连连叫好，叫绝。

有的连忙点烟、抽烟，有的人又找人借烟、对火……

可就在这时，大伙又听到空中马儿叫了两声，怎么没去？就见马儿驮着杨三又回来了。

那马儿打着响鼻落在地上，只见杨三手里已拎着一大筐苹果梨！什么没去？人家已经摘梨回来啦。

啊呀！大伙这一下子可吃惊不小，一个个惊得目瞪口呆，直到杨三和混江龙把那新鲜、水灵、可口的大苹果梨，有的还带树叶的放在大柜们面前时，大伙这才感觉这一切都是真的！

此时，就见杨三站在院子中间，双手抱拳对大伙说："混江龙大柜，各位大柜，各位兄弟们，我杨三和小白马感激诸位对我的营救，因义和团抗外寇重任在身，在下杨三就此告辞了！咱们后会有期。"说完，他一下子跳上小白马。小白马一下子腾到空中，那马又是在众人头上盘旋三圈儿，众人齐喊："后会有期！后会有期！"然后小白马咴咴地叫了两声，驮着杨三直奔西方而去，转眼间就消失在天的尽头了。

骑在马上的杨三，此时向下一看，就见大地多处起火，一队队的"苦力"被洋人的兵丁押着，他们戴着沉重的镣铐在泥泞的乡道上走着，每个人肩上都扛着铁锹、镐头什么的工具，他们是去干什么？奔往哪里？

原来那时，清政府在洋人联合威逼下，同意洋人在东北修一条铁路，叫中东铁路，主要由俄国来监修，根据《中俄御敌互相援助条约》［简称《中俄密约》，这是光绪二十二年（1897 年）李鸿章同沙俄财政大臣维特、沙俄外交大臣罗巴诺夫在莫斯科签订的］已允许俄国于黑龙江、吉林两省地方修筑铁路，以达海参崴，但俄人借此条约，也在吉、辽一带大肆开修铁路，俗称"中东铁路"。俄国沙皇特派中东铁路总工程师茹格维志在哈尔滨签订了《吉林铁路交涉总局章程》，章程里规定，凡在吉林涉及中东铁路的一切事宜，统归交涉总局管理，总局的一般官员和兵勇由吉林将军委派，督办、会办应先征得总工程师同意后，方可委任。这样一来，俄国政府特别成立了中东铁路修筑和维护队，他们以此为借口，在先期派出大批兵丁占领了辽东半岛的基础上，又迅速向东北平原火速增兵，在原有 7000 名兵员之上，又配备炮连。不久，又将护路队扩为1.1万名，就在当年，进入中国东北的俄军已达十多万人。等杨三骑着快马赶回旅顺黄泥川古城时，正是俄军在东北以自己的利益受到威胁和清政府拍案叫号的时候。俄军一边镇压义和团一边抓了很多农人去修铁路，俗称"吃路饭"。杨三看到的就是"吃路饭"的路工。

于是，车窗里那些枪手一个个急忙开火，可是，外面的那些骑马人转眼又钻进高粱地里不见了。当俄人们想坐下来安歇一会儿，外面的马队又出现了，就这样使得护款车的俄兵们一刻不停地盯着外面的马队，而这时，杨三其实已骑上快马上了俄人款车的顶上，他趁双方交战精神集中的劲儿，只身从车顶下到款车窗口爬进车厢，转眼间便把俄人的款袋子背出来，这时小白马跳到窗口处，杨三一下子骑上去背上款袋子飞奔而去。激战之后，俄人才发现，款袋子又不见了！

他们惊呼，这神马杨三啥时候光顾的车厢都不知道！由于款车不断被抢，拉林河一带的路工已经开始罢工。他们一伙伙地坐在工地上举起铁锹和镐头喊："要钱！要钱！吃饭！吃饭！"总监工棚子里，阿列克塞耶夫正在和图利诺发火，图利诺说："队长大人，你还是先消消气，一切会有意外的惊喜！"

阿列克塞耶夫："意外的惊喜？"

图利诺狡诈地点点头说，是一个意外的惊喜。是什么惊喜呢？

其实一直以来，图利诺与二十四爷有着不断的往来。那次，当二十四爷以自己的善仁之心把这些疲于奔命的家伙放入围子，而他们却干了一系列杀人放火之事之后，这使得围子里的人、族人甚至家人都对二十四爷疏远起来，但二十四爷还是秉公办事，也设法安慰赵刚将母亲安葬，同时又按俄人所定契约，从周边几个村屯选出一些青壮之年的农人去

"吃路饭"，总算把一些纠纷平息下来。他对自己的做法还十分满意，他认为如自己这样中庸之道才是眼下世间处事之正道，但是却还是和族人、村人结下了"疙瘩"，而这一步，却恰恰被图利诺看在了眼里。图利诺心中明白，制服中国人还得从中国人之间的关系入手。他决定从二十四爷那儿打开一个缺口……

当初，他已和二十四爷说好，每动员一名或者派出一名到中东铁路修筑工地的工棚里去"吃路饭"之人，俄方筑路护路队就会按照人数给他"人头"费五百羌贴，以为酬劳，而且此钱三个月一结。开始，那"人头"费还能如数回返到二十四爷手里，可如今，工地上的工人一不开饷，二十四爷也便得不到这笔意外收获了。

这一日，二十四爷正躺在木椅上休歇，一面抽着水烟袋，一面让家医"药匣子"朱祥为他配制健身养性的中药配方。

二十四爷终日养生有道。有一次，他去东山里收购山货，见一家山货庄开着一处中药作坊，内中有一个中年医师坐堂为各方来的人把脉，并开出一张张药方，再到柜台的药柜中抓药，很是红火。后来他打听到，此人叫朱祥，精通中草药的配制，甚至还精通各种兽药的功能。想想自己不但应该修身养性，而家中的五禽也是需要一个这样医术之人，于是他通过朋友，把这位识药医病高手以高价聘为自己的私人家医，养在身边了。

朱祥那年看上去也就五十多岁，且身体健硕，满面红光，给人一种擅长修身的印象。他手艺活也好，来到二十四爷家后，在二十四爷隔壁建了一间中草药药房，里面靠墙是从地上至房顶的药柜，上面一个一个匣子，贴着白贴，写着各种中草药之名。二十四爷和家人每每身有不适，便立刻由朱祥去把脉、开药，往往药到病除。而且，这个消息一传开，甚至围子里和南北二屯，蔡家桥、郭家炉、马家油坊，甚至远在百里外的玻璃城子、拉林河一带的庄户人家也知二十四爷家有个"药匣子"，是名医，可医治各种人病畜疾，往往一有大病小情便前来投医，这使得二十四爷也有了知名度。

事也凑巧，那一日，图利诺和李什科夫一起到二十四爷家，他们是想来探听一下中国民间有没有什么草药可以使马吃后醉倒，这样不是可以制住杨三的快马吗？毒招都让他们想绝了。

那日，图利诺带来少许"人头"费。

在图利诺给二十四爷"人头"费后，图利诺说："二十四爷，我们已是老朋友啦，但不瞒您说，这次送来'人头费'，以后可就不一定能如数送上啦。"

"这是为什么？"二十四爷说道。

图利诺说："现在，地面上的民团、马队不断袭击我们工程筑路队，已使筑路工程无法推进下去。我们对他们真是防不胜防啊！所以我想向你打听一下，不知中国民间是否有一种草药，马吃下可以使其醉倒？"

二十四爷："醉倒？"

图利诺："对对。就是吃后醉倒它们。有这种药吗？我们可以大价收买。"

"这……不知道。"于是二十四爷送走了图利诺。

真是隔墙有耳啊。当图利诺同二十四爷在谈话，正在隔壁抓药配药的朱祥听个一清二楚。图利诺走后，二十四爷喊朱祥，让他来给自己把脉，以配一服心平气和药。朱祥来后，二十四爷还在气呼呼的。

朱祥故意问："老爷，因何如此生气，注意气大会伤身的呀。"

二十四爷便把事情的经过一五一十地说了一遍，又加了句："朱祥啊，民间有这种药吗？可以使马醉倒？这，你应该知道。"

朱祥说："老爷，您问的是醉马草吧？"

二十四爷："对对，就是这种草药。"

于是，朱祥便详细地向二十四爷讲述了关于"醉马草"的来历和生长、药用功效等。原来，在东北的山野里还真有这种醉马草，土名叫鹿脸。鹿脸为多年生草本植物，生命力和繁殖力极强，有一种超强的耐旱力，而且它排斥其他草生长，在"醉马草"生长的地方，就不会有其他植物生长和存活，羊啊、牛呀、马呀，只要吃了鹿脸，还会"上瘾"，一点点的不愿去吃别的草，致使牲畜中枢神经受到麻痹，一点点见瘦，最后倒地死亡。特别是马等大型动物采食过量后，一下子心率加快，走起路来步态蹒跚，就像一个喝醉了酒的老头儿，这是食"鹿脸"之后的醉状，所以称为"醉马草"。这种草，还分春秋之别，春夏之交，这种"鹿脸"毒性最大，牛、马、羊和骆驼所食之后"眼皮"立刻耷拉下来，接着昏昏欲睡……

"啊啊！这么厉害！"二十四爷听后连连说道，又问，"这种鹿脸长在什么地方，什么样子呢？"

朱祥说："有点像韭菜的叶子。到秋天，它就老了，马和牛就不愿意吃了，但可以扎笤帚。"

"扎笤帚？"

"对呀。"

"就是那种扫地扫炕的笤帚吗？"

"正是……"

朱祥又故意地问："老爷，您问这个有什么用吗？咱家的马、牛，有专人饲养，不会误食。"

二十四爷说："啊不。是俄国人来打听此事。但他们想干什么，本人一概不知。他们似乎还想出大价买这种草。但这是一种毒药，他们想干何事呢？"

其实说者无心，听者却有意。朱祥暗暗记下了二十四爷的话。这一日，他向二十四爷告假，说要去关东山里收购草药。"你去吧！去吧。快去快回。"朱祥听到二十四爷的嘱咐，连连答应着，套上马车，领着两个仆人便走了。

当年，朱祥每年进一次关东山采购山里的草药。拉回苇子沟，再经过自己的加工，制成种种成药，贮在药匣子里。那是他的拿手好戏，所以包括二十四爷在内的围子里的人都称他为"药匣子"。药匣子朱祥这次急于进山，是因为他看看夏伏已过，再拖几天，一些草药就过性，发老、发柴、发皮，不能成为最佳药材了，特别是鹿脸。鹿脸十分应节气。一立秋，它们的外皮立刻发白、打滑，好看但不好吃了，特别是药性也过了。就是在夏末入秋前后的鹿脸是最好的鹿脸啦。

朱祥急于奔往关东山进药，是他从二十四爷的话中已听出言外之音。那二十四爷历来是惧怕洋人，而又在族人面前表现出公正和自命不凡，做下坏事往往还喜欢说是别人所为，这是他历来的秉性。现在，朱祥听出他的本意，不想直说想要得到鹿脸，却又点明了他内心的希望，这一点，聪明透顶的"药匣子"能品不出来吗？一旦他能为二十四爷做成这件事，二十四爷肯定会感谢他，并重用他。所以，他也让二十四爷知道他今年上关东山另有用意。

关东山里的辉南、老爷岭一带有不少草药市场，最大的要算梅河口山城镇市场了。每年秋天这里都有热闹的"药市"，朱祥便是奔这"药市"而来。这次朱祥进山，他与往常不一样，他先到山城镇大十字街口的义和大车店住下，然后让店掌柜的给打听着卖药老客，他便告别店主只身一人进山了。他干什么去了？

原来，他知道东山一个山沟里有一个叫鹿脸沟的地方，那里漫山遍野长满了鹿脸，一片一片的，别说牲口吃，就是牵着牲口走，迎风二里地远都能把牲口熏倒。这个秘密之地，是他当年从自己的父亲那里学来的一手"绝活"，叫"闻药"，而这地也是一块"绝地"。

当年，朱祥的父亲朱成义是山城镇一带著名的马贩子，儿子从小也和父亲一块儿上马市，专门"吃集头子"。这是一种混世的本事。比如有生人牵来一匹马上市，明明要五块大洋，朱祥和父亲故意给人家压价，最后以三块两块的价格买下，从集这头牵到集那头，再以十块八块大洋的价卖出去，每天也不少挣。可是卖这种马，特别是一些看上去很弱，或一些生了病的，眼看就栽倒的马匹，没想到到了朱氏父子手里也能卖出大价，他有一种绝招哇。这绝招之一，就是用"棍"支马。有的马，已经病得不轻，他父亲牵来，从腰上摸出一根筷子往马的前腿下的腋窝里一别，那马立刻精神起来，而且擅走擅跑！但一出集市不到三里地，那"棍"一掉，马立刻不行了。但买马人后悔也不赶趟了。还有一招，便是给马"嗅"鹿脸。嗅，其实比吃都厉害。他父亲从山上割下许多鹿脸，扎成一把把小笤帚，不能把一头对齐，要使小笤帚把之间错开一定距离，使这种小笤帚又光滑又好看。别人明明牵来了好马，父子便上前

220

讲价，还不停用鹿脸小笤帚给马扫身子，扫鬃毛上的灰土。看上去很亲和友好，但不一会儿，那马的眼皮就耷拉下来了。于是，明明一匹好马，只好便宜地被他买下。这一招便充分发挥了鹿脸笤帚的独特作用。

眼下，朱祥便想起了故去的老父亲的这个绝招，也想到了小时父亲常领他去的那个鹿脸沟之地。

鹿脸沟在山城镇以东四十五里处的一个大山里。夏秋，这片山谷总是雾气腾腾的不晴天，风一刮，一股子呛人的"山韭菜"味儿，许多野兽都不敢走进鹿脸沟。太阳一出，沟里的雾气渐渐散去，各种花草一开，非常的清凉爽快。沟里有许多打猎、采药和采野菜的山里人。朱祥早有准备，他戴上早已准备好的"罩眼"，把嘴和鼻子罩上，然后背上背筐，拿着镰刀走进沟去。

漫山遍野的鹿脸正是由嫩变老之时，而此时草药的药劲正佳。他快速地割下一捆又一捆，背到邻近的沟沿的一户养蜂人家，说好，放在他的蜂箱旁，他又买了一些秋季的椴花蜜，并雇这家的老人帮他扎笤帚。扎好了两把鹿脸草笤帚，他把买来的鲜椴蜜浇在笤帚上，这时那两把笤帚就有如一个一个的大蘑菇一样，湿淋淋的。

这时，他又在地上挖了一个坑，又把一块烧热的石板放入坑内，然后将两把笤帚摆在石板上，盖上一层沙蒿，立刻填土将笤帚埋了起来。三天之后，他起开土坑，只见那两把笤帚上结满了小"豆豆"，他再把笤帚拿起来，一晃，一甩，上面的小"豆豆"都脱落了，于是，这笤帚成了一把干干爽爽、蜜香浓郁、带着山林田野芬芳、又很是惹人喜爱的小笤帚。

白露节到来的时候，他背着这两把笤帚又采了其他几种草药便下山了。

在北方，立秋一到，一早一晚天就凉了。

平原地带，天空的大雁哏嘎叫着，一队队在头雁的带领下日夜朝南飞去，许多花草会在一夜间被寒霜打落花蕊和叶子，北方草开堂了……

草开堂，是寒霜将万物击倒。草木枯黄，大地亮堂起来了。而这时，在拉林河中东铁路工地，"吃路饭"的人们仍然坐在路两旁的路基上，大家不动工，抗议筑路公司不按约按时发放路饷，这急坏了图利诺和阿列克塞耶夫等人。因这样的时节应该是铺轨筑路最好时节，干活不冷不热，工程进展应该很快，等再过一段时间，天降大雪，寒风刺骨，工程将会进入停滞期，但是，他们没办法，各处"棚户"的人都很齐心，就是共同滞工不干活。

棚户，都是以居住的席棚子人员为帮伙，每二十人为一棚户，那些棚户一排排一片片挨着搭建，形成棚户区。棚户区里已形成了南来北往的"街道"，可通往"东片棚""西片棚""南片棚""北片棚"，每个棚里都有"领棚人"，他们是这个棚子里的"领棚人"，又称为"大爷""棚大爷"或"棚头"。各棚户路径之间都有专人把守，往来需要盘查，对完"棚话"，方能通过。

那些"棚话"，都是些个秘密的语言和手势，吃饭叫豆开，衣服叫叶子，帽子叫顶天，鞋叫踢土子，狗叫皮子，狗咬了叫皮子喘了。俄国人催棚户们去上工，要对每一个棚户中的大爷、棚头讲话。

在这一带，号称二百四十多棚户，密密麻麻地布满在山岗、河岸和草地上。

这一天早上，太阳已升起一竿子高了，工地上还是不见上工的人影，许多人坐在棚门口，或仨一伙俩一串地坐在过道上，抽烟、下棋，就是不上工，这被称为"起屁"。

起屁就是一伙人一起干一件事，让对方明白。

阿列克塞耶夫和图利诺骑着马带着一些哥萨克护路营的人马，站在拉林河东岸上向工地瞭望，只见席棚区安安静静的，炊烟袅袅升起，就是不见干活的人影。

阿列克塞耶夫问："他们为什么不出工？"

李什科夫说："他们又起屁了。"

"起屁？"

"对。就是集体罢工……"

阿列克塞耶夫顺手拔出长刀，说："冲进去！逼他们上工地！"

李什科夫摇摇头说："你这一招不灵。他们都听棚头的。而棚头手里掐着咱们的合同，你们和人家签订的，可是却不能按时发放款项。你想来硬的，他们会'炸棚'……"

阿列克塞耶夫："炸棚？"

李什科夫："对。"

阿列克塞耶夫又问："如何炸？"

李什科夫说："他们会在一人的呼喊下，一轰而起，整个拉林河棚户都闹翻，让你一刻都不会安宁。"

李什科夫又说："这一切，都是那个叫杨三的所为。他的马太快，我们的款车多次被他率人所抢，就是把全彼得堡的钱都运来，也供不上他所抢啊！"

阿列克塞耶夫以马靴跺地，疯狂地叫道："杨三！杨三！我大俄罗斯要与你较量，你死我活！"

但是，他只是喊喊而已，过后，他和那些人只能还是望棚兴叹。

清光绪年间，在中国民间，由于常年的战乱，外人的侵扰和杀伐，使得民间涌起许多组织，民团、哥老会、天地会，这些人都混入"吃路饭"的人群中，住在这些"棚户"里。这些人行踪秘密，由于受"吃路饭"之人的保护和隐藏，他们可以轻松出入各地人群，使得俄人对"棚户"人众的管理无法下手。在"吃路饭"的路工里，也有"赶套子"的，就是专门赶车拉枕木的"吃路饭"的，他们养着马，时而套上套子，拖路基旁的枕木，把枕木山一样的堆垛在那里，等待着路工们再一根根抬到铺好的路基上，再架设铁路。

这些专门赶大平板车子拖拉枕木的套帮把头有一个共同的标志，每个人后屁股上都挂着两把小笤帚，这表明他们是吃"套帮"这碗饭的。对于铁路工程的进展情况，这些套帮最知底细，一有大批枕木要运进，不久铁路便会往前延伸，为此，天照应在"套帮"里交了好些朋友，关于"款车"和工程进度事项也全靠这些人给送信、传信，而内中和他很靠的一个套帮头叫朱吉，这也是天照应的老朋友了。看到这里读者也许

会想起，这朱吉原先在混江龙绺子里供过事，由于他精通草药，有医治
各种牲畜疾病之本事，曾在混江龙手下当过"卧底"（在地面上以兽医
为职业探听信息），后混江龙绺子被官兵联合剿灭，他只身逃往天照应绺
子，在他的绺子里供职。俄人中东铁路修到拉林河一带时，天照应为了
掌握俄人修路和款车往来之事，就派朱吉打入"吃路饭"的筑路队中，
专门以"套帮"身份与俄人打交道，以便掌握更详细的俄人情报。表面
上他经常以联系马匹和木材之事出入天照应的绺子，俄人的筑路工程队，
马市，马交易所，铁匠炉，绳铺作坊地带，别人一见他都招呼他："套户
大柜来啦！"

他屁股上挂着的那两把漂亮的小笤帚也经常被人要走，拿回家去扫
炕。有时，小孩子们会跟在他的屁股后边玩，一边走一边喊："给俺一把
小笤帚呗。"

秋季，拉林河中东铁路前线传来了消息，俄人从美国芝加哥铁道机
车制造厂进的火车头就要开进拉林河一线，俄筑路总部下令在拉林河一
带筑路并防务的阿列克塞耶夫一定要确保按时通车。

这一日，朱吉来到天照应绺子。

"到屋！到屋。台上拐着！"（炕头上坐着）这是绺子里的最高规格。
只有尊贵的客人，才被让到绺子里大柜的炕头上坐。

朱吉是天照应的熟人，当然也是杨三的朋友了。

一见朱吉，杨三也前来问候。

想当年，自己在混江龙绺子里用洛科娃交换过来，无论是庆祝，还
是食宿，都曾经得到朱吉的精心照顾，所以二人也一见如故。而朱吉这
次是有重要事项要亲自向天照应大柜来述说，因为朱吉和杨三也熟，天

照应就让杨三也来，三人一起议事。

寒暄之后，献上茶，小打崽子们退出之后，朱吉说："大柜，根据可靠消息，俄国人从美国芝加哥运来的火车头就要开过来啦。"

天照应说："拉林河通往八面城的路基打通了吗？"

朱吉说："俄人正日夜铺设'拉八'（拉林河至八面城）线路基，在上冻前必须通车。因为火车头已从赤塔开始往哈尔滨运了……"

天照应："路工们肯干吗？"

朱吉："钱一发，有时不干也不行。这不，前些日子，他们怕款车再被抢，想出一个绝招，把钱由哈尔滨和宽城子的道胜银行转换成支票，发给工人。这样有人再抢也用不上啦。"

天照应说："这一招挺损哪！"

朱吉："可工人们不干，路工们还是要现钱。什么支票不支票的，中国人不买他的账！现在挺多事都僵在那里。不过，这个芝加哥火车头可是个好玩意儿，一旦把它搞到河里去，俄国人可气死了！"

杨三说："我们能派上啥用场呢？"

朱吉说："马队能用上。"

天照应："马队？"

朱吉告诉天照应和杨三，俄人在铁路还没有铺设好之前，先不让芝加哥火车头开动，而是先用马队拖着进入现场，这样既省设备又保险，而且已与朱吉说好，冬至前三天，他的"套帮"要出三百匹骡马，去拉林河一带拖火车头。朱吉说："弄到这个火车头可是好机会，一旦俄国人失掉这个火车头，他们也就完了。这个事，比你们抢多少钱都有威力！"

在天照应绺子吃完饭，朱吉要回去。临下炕，杨三一眼发现了朱吉屁股上的小笤帚。那是两把十分精致的小笤帚，不但扎编得手艺好、精巧，而且笤帚的每股上还箍着金箍，黄闪闪的，十分可人。

杨三说："多漂亮的小笤帚哇。"

朱吉说："我每天刷马，一年不知用坏多少把这种小笤帚……"

杨三自从有了小白马，他时刻不离身的是那把他从老家就带来的草甸子上的马莲草的小笤帚，用坏了，也是他亲自从草甸上采马莲来编，但对朱吉的小马笤帚，也是很眼热。朱吉看在眼里，就说："我会让人给你也编上一把……"

杨三说，那就谢谢啦。

可是，故事说到这里，大家可能已经隐隐约约地感受到，杨三有一场厄运已经不可避免了。因为那时，想要得到小白马的人太多了，而且这朱吉便是其中的一个。你知道这朱吉是谁吗？

大家还记得当年老杨坡抓住了杨三，混江龙绑了阿列克塞耶夫女儿的票，并要以此换回杨三，惹怒了官兵攻打小沙河，混江龙求人"递枪"，一下子解救了杨三的事吗？就是在那次庆功会上，那个叫"滚地雷"的大柜，突然抽刀逼在杨三的脖子上，要买小白马，大家给拉开了，说他是喝多了，又死了一些弟兄心情不好，经混江龙说和杨三，他让小白马给大家表演了一番绝活才罢休。可是，其实事情并没有过去。

在当时，滚地雷是借着酒劲以刀逼杨三要买他的马，但是并不是真醉了。他心里太爱慕这匹马了，太想得到这匹马啦。但后来杨三好心为大家表演马的绝技绝活，事情也就过去了，但事情并未完，他一直在心底耿耿于怀地惦记着小白马。

后来，乌拉官兵联合追击松花江、长白山一带的各种绺子，把他的人马逼到绝路上了，在一场猛烈的交战发生时，滚地雷被官兵击伤，临死前他对自己的知己"搬垛"先生（在绺子里专门测算行动、时辰的掌柜）交代，一定要设法弄到小白马，也好了却自个儿一生的一个愿望。说完就咽气了。

这个"搬垛"先生，其实就是朱吉。

当年，当滚地雷部被官兵追剿之时，杨三已经回到旅顺口黄泥川古城义和团的队伍里去了。后来，俄人终于攻下黄泥川古城，杨三无处可去，这才投奔了天照应的队伍，当时被打散了的朱吉还不知杨三流落何处，但受滚地雷大柜临死相托，他朱吉想以各种办法将杨三的小白马弄到手，后来，朱吉终于打听到了杨三和小白马来到了天照应的队伍里供事，于是他也明明暗暗地以"套户"之名投靠到天照应的队伍里，这一切，都是为了靠近杨三。这一切，杨三是根本不知道的。

而让杨三万万没有想到的是，这个为天照应绺子送信、送情报的"套户"头子掌柜朱吉和那时在二十四爷府上做兽医、中草药大夫的朱祥竟然是一对亲兄弟，就在俄人以重金收买二十四爷想以"醉马草"药倒杨三的小白马之时，朱祥已在二十四爷的暗许下进山去寻找"醉马草"去了，而朱吉与天照应接头，也正是想到了自己的弟弟朱祥精通中药、兽医，是否可以帮他用什么草药将小白马麻醉，然后牵走，到滚地雷大柜的坟前，给他祭祀一下，也显示一下自己与大柜哥们一场的情分。哎，世上该有多少人在打着杨三和小白马的主意呀！

这天，朱祥押着草药车从山城镇的药材市场上回到了苇子沟，二十四爷设宴为自己的家医接风洗尘。酒过三巡，菜下五味，家医朱祥从腰上解下一把小笤帚来。

只见这小笤帚，十分奇特、精致。表面看去，厚实的糜子整整齐齐压在一起，而且前厚后薄。后边的把压得硬硬实实，把与糜子草处以一个一个小铁环箍着，拿在手里一扫，十分舒适，而且还散发出一股淡淡的野地草甸子的草味儿，这使得二十四爷爱不释手了。

朱祥却说："东家，这可不是扫炕笤帚！"

二十四爷说："这不正是一把扫炕笤帚？"

朱祥说："叫这个名，但不能扫炕。"

二十四爷："为何？"

朱祥说："用它扫炕，猫见猫死，狗嗅狗亡……"

二十四爷惊讶得睁大了眼睛。

朱祥这时才认真地说："东家，这些年来，你老人家待我不薄，我才下此苦心，为你扎下了这把笤帚。但我有考虑……"

"你说！你说！"

"我是想，这个东西既可以让你在俄人的手里得到钱，而又不至于伤害了小白马，并能得到小白马。"

二十四爷又一惊，他不觉问道："此话怎讲？快说说。"

朱祥说出了自己的全盘安排和打算。原来，他是想以这把用"鹿脸"（醉马草）编的小笤帚先把小白马醉倒，这样俄人的"款车"不被抢，二十四爷便可以得到"人头费"，然后当杨三一筹莫展时，他再用"解药"解除"鹿脸"醉马之效，使杨三答应将小白马送给二十四爷骑一骑、玩一玩，也好让老爷子风光几天，得意几天。

朱祥说着便从包袱里掏出在山里自己用一种叫"石茶"的草药编成的另一把小笤帚。他对二十四爷说："马醉倒以后，如用这把小笤帚一扫马的鼻孔，它又会欢跳如初！"

二十四爷高兴至极，连连点头，感谢下人朱祥安排得这么细致，并让他收拾好这两样"宝贝"，赶紧下去安歇吧。

再说朱吉，他从天照应大柜的绺子出来，并没有回"套户""套帮"屯，而是骑上马，直奔苇子沟的弟弟朱祥家而去。

他与弟弟已经好久不曾见面了。还是在弟弟被二十四爷请去做家堂私医那次，弟弟朱祥曾约哥哥前来一会，由于拉林河与苇子沟离着也远，所以哥儿俩也不是常常见面。这天夜里，朱吉才匆匆赶到苇子沟。

"哥！你怎么来了？"一见朱吉在深夜来到苇子沟，朱祥急忙给哥哥开门，又沏上热茶，端了上去。

朱吉说："想你了呗。"

朱祥马上让家人给哥哥炒菜，又热上酒。当他们二人面对面坐下时，哥哥对一直忙在一旁的弟妹说："你累了一天啦，快回屋里去歇息去吧，我与弟弟有点事合计合计……"

弟媳离开之后，朱吉这才开门见山地说："兄弟，我这次来，是有事求你。"

朱祥说："哥，咱们是一奶同胞，有话你只管说，只要我能办到的。"

朱吉说："这事，也只有你能办。别人办不明白。"他于是把自己的打算和盘托出。对自己的亲弟弟，他不能也不可能打埋伏。然后，又加了一句说："兄弟，如能有一种草药把马麻倒，还得有一种草药，让它解去药力，你可以做到这才行。"

弟弟朱祥瞅瞅哥哥朱吉，他愣了，这哥哥怎么来得这么及时，难道他已知道了自己进关东山？可这是秘密而行，任何外人不会得知。二十四爷也不会轻易对别人提起此草。他于是从哥哥的表情中也判断出，哥哥根本不知他进山之事。于是他说："哥哥，你先吃饭。吃完了再说。"

谁知哥哥朱吉却说："你不答应，我就不动筷！"这个哥哥的牛脾气也上来了。于是弟弟朱祥说："好好！哥哥，我答应你，这总行了吧。"

哥哥朱吉其实也留了一个心眼儿。当二人边吃边唠时，朱吉向弟弟打听索要一种能使马儿"醉"倒的中草药，但他并未说是对杨三的马，而因弟弟也知道哥哥赶"套"拉枕木，经常到马市上买马，可能用于生意和买卖，也没有感到有什么奇怪，但让他觉得巧合的是哥哥来得真是巧透了，因他用"鹿脸"扎的笤帚只有两把，看来，哥哥是真来得是时候。于是，弟弟朱祥说："哥，你来得正好，我这儿有一把'鹿脸'笤帚……"

朱吉："什么鹿脸笤帚？"

朱祥："鹿脸，就是醉马草！"

朱吉："那'笤帚'呢？"

朱祥："到秋，这醉马草还能扎成笤帚。但我选的醉马草是最有毒的时候采下来的，扎编成笤帚，更便于对马施用。这笤帚，一旦在马的脸上、鼻子上一抖拉，马会眼皮一下子耷拉下来，接着萎靡不振，人可以任意摆布了。"

"啊！这么灵？"朱吉说，"就一把吗？"

朱祥说："我的哥哥，你真贪心。这还能多吗？这种醉马草的毒性还要经过我的特殊处理才能达到如此功效，一把已经很难制成啦。"

朱吉乐得说："谢谢弟弟！谢谢弟弟！"

朱祥说："不过，我还要给你一把笤帚。"

朱吉说："怎么又有一把呢？"

朱祥说："这一把，与那一把不一样。这一把是马醉倒后，如要让它清醒过来时，立刻以这把笤帚去扫它的脸和嘴，马便可以解除醉态，清醒如初。"

夜，深下来了。天照应队伍的驻地榆树台子一间房屋里，杨三正在给小白马梳理它的长毛。从打杨三得了小白马，他总是在夜里为自己心爱的小马梳身、洗身、理毛、刮毛，各种器具，均是杨三自己所为，特别是那把马莲根草的刷子，还是杨三在刚到天照应的队伍中时，挖割马莲根做的，如今已成了一把笤帚疙瘩，但是小白马对于杨三为它刷身子，它显得很是舒坦，不停地咴咴叫上一两声，表示对主人的亲近。

杨三一边刷一边说："老伙计，别着急，过两天我给你拿来一把新笤帚，给你刷毛、理毛、松松身子……"

小白马咴咴地叫两声，仿佛听懂了他的话语。

那时节，杨三已搬到靠近马棚的一间房子里，确切地说，是和自己的小白马同住在一起啦。小香也喜欢这么做。因为这样一来，小白马的一举一动都能在他们夫妻的照看之下。自从结婚以来，杨三和小香一直没有后人，所以二人几乎将小白马当成了自己的孩子，真不知道怎么去疼它好了。

这时，杨三对小香说："咱们快睡吧，明天得早点起来。我看见河东沿的草甸子土坝上来了一窝狼，我明天早上得早点起来，把这窝狼端了。不然，它一繁殖，狼多起来，咱这驻地的许多家禽人畜，都要被它所害。"

小香也说："那好，我们睡吧。"

这时，那小白马却支起耳朵，静静地听着夫妻二人说话。

第二天早上，杨三起来，穿上猎服，拿上扎枪准备去草甸上打狼，再一看，小白马不见了。再一看缰绳，原来是小白马自己咬断的！他心里觉得奇怪，它干什么去了呢？谁知，正在杨三着急的时候，忽听院子里传来小白马咴咴的叫声，杨三急忙推开门走到院子里一看，原来是小白马回来了，而且，它的嘴上叼着一只大灰狼，已被它咬死了。这一下，杨三惊得说不出话来，小香也乐得直蹦高高。是啊，太神奇了，这马也太通人气了！昨天晚上夫妻二人唠嗑，说今天早上早点起来去甸子上掏那窝狼，谁知小白马竟然听懂了二人说的话，它起大早自个儿顶着露水到甸子上把狼咬死叼了回来。小香和杨三乐得，立刻走上去，搂起小白马亲个不够。

　　中东铁路拉林河段最后通车已到了关键时段。那时，沙皇铁路修建总督特地从彼得堡派来监管铁路进度的大员罗尔夫也特地从哈尔滨来到拉林河工地，他召见中东铁路南段总管阿列克塞耶夫，询问大连到八面城和拉林河铁路对接情况。罗尔夫对阿列克塞耶夫发出指令，芝加哥火车头已从赤塔运到哈尔滨，停放在哈尔滨铁道机车库里，单等八月十五那天由哈尔滨开出，到达八面城，与大连方面的铁路对接，在车头经过拉林河大桥时，要停下照相，以便把照片发向全世界。罗尔夫说："这证明我大俄罗斯已占据了世界的东方。你听明白了吗？"阿列克塞耶夫："总监大人，我听明白了。"

　　罗尔夫说："而且，你要保证一切进展都万无一失。听说，你们这里出了一个什么，什么快马杨三？"阿列克塞耶夫："是的，总监大人。此人太厉害了！特别是他有一匹马，一匹了不得的马。我领教过，深深地领教过！我的女儿……"

　　"别说了！"罗尔夫同情地说，"为了确保这次通车顺利，防止杨三和快马队伍的偷袭，我又给你调来了五百哥萨克骑兵和五百火枪手，这些人都归你指挥。"

"真是太谢谢罗尔夫总监先生了。"阿列克塞耶夫说，"请大人放心，我们一定让芝加哥机车顺利通过拉林河大桥。"

送走了罗尔夫，阿列克塞耶夫立刻召开中东铁路西部支线全体修建、护卫人员会议，他传达了罗尔夫下达的命令后，又特别留下图利诺、托玛斯和李什科夫等人。阿列克塞耶夫特别要听一听图利诺针对杨三所做的防御布置。图利诺便把他如何通过对二十四爷的威胁利诱，二十四爷如何派专人到长白山里找到了一种专门能"醉马"的草药，并已秘密安排人员潜入天照应的队伍之中，赶在八月十五芝加哥机车通过拉林河大桥那一天，麻倒他的快马，使通车仪式完美安全进行的计划说了一遍。又加了一句："请司令先生放心，我们不怕他不进入我们的圈套。我已安排了火炮连的哥萨克炮手，头一炮，要冲着马群发射石灰弹。这种石灰弹一炸，马眼睛都被石灰粉迷住，于是他们的骑手必须要用马笤帚去扫这些马的脸和鼻子，这样一来，他们就中计了。"

图利诺又走上来，附在阿列克塞耶夫耳边说："一切万无一失。"

俄人的计划和安排也真是煞费苦心。在试车前夕，他们已通过二十四爷说服了兽医朱祥进入天照应的绺子，名义上是帮助他们查看他的骑兵、马队中马的状况，实质上是针对杨三的小白马下手，以确保小白马不能参战。这一招真毒哇！

阴历八月十二这一天，朱吉把俄人预备在三天之后于拉林河大桥上通车的情况报传给了天照应。临走，他在院子里碰上了杨三，他对杨三说："杨三兄弟，我答应过你，送给你一把像样的刷马笤帚。给你，这回我给你带来了！"说着，他从自己的腰上挂着的两把小笤帚中摘下一把，交给了杨三，并又嘱咐道："杨三啊，要天天给马刷刷身上，一天也不能忘了。"

杨三说："好吧。谢谢兄弟！"

朱吉笑笑，走了。

其实，他的计谋就这样实现了。这种用"鹿脸"编扎的笤帚是"醉马"的绝妙工具。用它去给马刷毛，扫脸，开始马不觉，但一点点的，特别是三天之后，那马便会先是眼皮耷拉下来，接着四肢无力，再接着失去奔跑能力，变成一匹真正的废马。杨三根本没想到会有这一手，朱吉的交代，杨三怎么会不听呢？

在天照应的队伍和驻地中，一切已笼罩在大战到来的气氛之中。本来，这天照应起局建绺，打的旗号是杀富济贫，抢抢大户人家，给弟兄们弄俩钱花。可是这些年来，他天照应被官兵追杀过，被洋人追杀过，唯一和他一条心的是穷人、百姓。他天照应虽然是胡子、土匪，报号天——照——应，是指应着老天的旨意而生，希望有"天"来帮助他。可是，天，是不存在的。这些年来他懂了，哪里有天？天就是自己，是他自己。他看到多少义和团、红灯照、小刀会的义士侠女们，一次次被朝廷所骗，被洋人所杀，但他们临危不惧，大义参天，这使得天照应明白了一个道理，人活着就要活出一个样来，因此他接收了如杨三、小香，还有许多从混江龙、滚地雷、四海山队伍里逃出来的弟兄。他要来个"替天行道"。天，是他自己，也是中国老百姓。他的大旗上就写着"替天行道"。

眼看着俄人在中国的土地上修什么铁路，这"地"是"中国地"；这"土"是"中国土"，不能让外国人平平安安地修什么铁路。俄人的款车已让他们抢了个够。但俄人还是四处调款项，还是把铁路修到这一带了。但这一带属于他天照应的地盘，他要露一手，给俄人点厉害看一看。

天照应把四梁八柱和杨三等重要台柱子都召集到一起，大家商议如何与俄人决一死战。那时，他的人马已分成了好几股、好几部，虽然那时东北的义和团已被朝廷和洋人联合剿灭了，但天照应按照义和团的兵备管理，也把他的人马分成若干组，分别由各部统领（也就是四梁八柱）来分别带领，杨三已成了骑兵统带，他的马队二百八十八匹马。小香依然组合起一支"红天照"侠女队，也持刀握枪上阵参战。其实天照应在那时的东北又成了名副其实的义勇军、义和团啦。

天照应、杨三等统带在院子里检阅了自己的队伍，并将人马分布开，一部开往拉林河以东的苇塘地带，以利箭控制俄人的马队；一部开往拉林河大桥以西的草甸子上，以土雷和串雷，袭击架桥的俄人监工和守备部队；天照应和杨三在正面与俄人对峙，不能让芝加哥机车顺利通过大桥。

天照应又告诫大家，千万注意别伤了架桥的中国"路工"。

在八月十五到来之前，阿列克塞耶夫的部队也在频频调动。为了防止天照应和一些可能来袭的人马靠近铁路和大桥施工基地，图利诺已派出兵丁把铁路沿线三十里的村庄、窝棚、堡子地的百姓人家统统地赶走了。这叫"坚壁清野"，这也是日后日本人学来的战略方法。一时间，整个东北平原，到处乌烟瘴气，火药味儿浓浓的，老百姓背包推车，挑着挑子，流离失所。

秋风起了，北方的大地开始凉了。小香为丈夫杨三缝制一件坎肩，同时，她也在缝制一件小孩的小袄。这天杨三从外面走进来，一下子看见了。杨三惊喜地看着小香说："小香，你那是给谁家的孩子缝的?"

小香脸一下子红了起来，她幸福地说："杨三哥，告诉你一个喜讯，我有了……是冬日的月子!"

杨三禁不住走上来拉住了小香，小香顺势扑进丈夫的怀里。小香说："杨三哥，等把俄国人赶跑了，等天下太平了，咱们就回老家九台其塔木去，好好地过日子，咱们的孩子也该享享福啦。"

杨三说："小香啊，你说得对。到那时，你在家做饭，我上甸子上去放马，咱们的小白马多好啊! 我要让小白马带上咱们的孩子到天下各个地方去走走，想到哪儿就到哪儿，想走多远就走多远，那该多好啊!"

就在这时，院子里吹响了集合号，是天照应要检阅他的片刀队，杨三和小香赶紧放下手里的活计出去了。

大战的日子到了。八月十四这天早上，天照应院子里的人马都已集合起来，小白马正在吃草料。在此之前的几天，朱祥和马夫负责对所有马进行检查，他用自己的小笤帚给马槽子扫上一遍然后放料，小白马吃得也很香，看不出有什么变化。出发这天早上，杨三也用自己的笤帚给小白马刷刷身子，扫扫毛发，可是他发现，小白马有些发茶，不够精神，杨三就说："小白马呀小白马，大战的时刻到了，你可千万精神着点……"

小白马咴咴地叫着，拼命扬起了头。

杨三带着他的马队兵团走出院子，他们要先期开进拉林河正面的那片苇地里隐藏起来，等着天明，接着大片刀队、土枪土炮队、红天照女侠队也在小香的带领下走出了院子，随后是天照应带领主力部队浩浩荡荡地开赴拉林河前线。他们都要在头一天事先埋伏起来。

俄人的步兵和马队行动更快。为了确保拉林河大桥安全通车，八月十五日一大早，托玛斯率领一队野战枪手正在大桥工地上做最后的验查，他让一些"路工"在那本来已架好的桥墩上再加固一层支木，以便牢靠。领着"吃路饭"的干活的人是赵刚，他们都被俄人戴上了脚镣子，生怕不玩活，而朱吉依旧赶着大平板套车拉木板、木料，一些持着枪械的哥萨克兵不停地对每一名工人搜身，生怕他们把什么危险物品带进大桥工地。

铁路两侧，新从西伯利亚、彼得堡、伊尔库茨克、赤塔一带开来的俄哥萨克兵团一车一车地前来，他们一帮一帮地从汽车、木车上跳下来，迅速持枪分散开，警惕地占据了有利位置，保护起大桥施工现场。野战炮团在大桥西侧的一处高地上架起了炮位，从彼得堡带来的军乐队也在工地的路基上站好，一个个甚至已戴好了白手套。

阿列克塞耶夫等人今天也焕然一新。他们都换上了崭新的军服，军帽上的红边也换成了鲜艳的，马刀的黄穗像丰收的谷穗迎风飘荡，他正陪着远道而来的罗尔夫站在高处检阅部队阵容。

太阳升起一竿子高时，突然，从正北的哈尔滨方向响起了"轰隆隆，轰隆隆"的机车的声音，就见一辆金光闪闪的机车高声鸣叫着，从正北方向驶来——那正是俄国铁道总部从美国芝加哥特意定造的高级组合机车，这个车头是从遥远的太平洋经红海、葡萄牙、波罗的海，用船运至北冰洋，又从那里搬上俄罗斯的土地，再从莫斯科、彼得堡，经赤塔、图里河、哈尔滨，开赴到这儿来的，它要耀武扬威地通过"拉八"（拉林河至八面城）铁路，开往大连、旅顺，从而象征着俄人修筑的中东铁路已全线贯通。火车头一出现，俄人的军乐队立刻慌忙地奏起了军歌，一些哥萨克乐手甚至把帽子推歪，白手套在乐器上滚动，一个个吹奏得十分来劲。再看火车头上，在那高高的大烟囱两侧，悬挂着沙皇俄国的国旗和军旗，五七个持枪的士兵甚至坐在或站在机车头上，摘下帽子，举着枪冲天"咣！咣！"地放了两枪，并向工地上呼喊："乌——拉！"

工地上全都沸腾起来了。一些抬木的"路工"停下看，可是那些持枪的军警怒喊："快干！快干！"

芝加哥机车向空中吐着白烟，呼呼响着，缓缓地停在大桥工地的接头上。

谁知，就在这时，工地东边的芦苇塘里突然响起"轰隆——"一声，是天照应他们的一发土炮弹飞了出来，不偏不倚，一下子落在机车前边的枕木上，只听枕木"咔咔"响着，眼看着机车车头向前倾斜下来……

啊，是土匪绺子来啦！是杨三他们来啦！

俄军立刻慌乱起来。阿列克塞耶夫一下子跳上一堆枕木大喊："快！保护罗尔夫先生！哥萨克的家伙们，赶快开火！开火呀！"

他的话声刚落，东北边的草甸子上和东边的苇塘里，已经冲出一群天照应的人马，他们与赶上来的哥萨克交起火来。枪声，大片刀和马刀的碰撞声，立刻在这片旷野上响了起来。这时，突然间，正面传来喊杀声，还有马蹄敲打大地的响声，原来，这是杨三率领马队，举着马刀冲了过来。

自从杨三到了天照应的队伍，他不但训练自己的小白马，他还组成了一支快马队，在小白马的带领下，常常去执行专门特殊的任务，如袭击大户人家、抢俄人款车等等，而且行动快速，来去如风。现在，他骑着小白马，带领马队勇猛地奔了过来。

阿列克塞耶夫一看，立刻对身边的图利诺说："快！快快！你的石灰炮呢？"

图利诺说："别忙。让他们再靠近一些……"

阿列克塞耶夫："你找死？现在是罗尔夫将军在身边！"

图利诺："好！好！"说完，只见他手中的一枚小黄旗一甩，突然就听咕咚一声，俄人的石灰炮响了。那炮一响，顿时，就见前面的天空上出现了一片白色的土风，那些白土、白灰子什么的先是扬上天空，接着迅速落下来，一下子覆盖上正在往这里冲来的马队。

顿时，那些冲锋的马，头和脸、鼻子，都变成了白色，有的看不见方向，扑通一下绊倒了，有的打着响鼻停了下来。冲在前边的，正是杨三。他一看，小白马的脸和鼻子都让石灰给迷住了，于是他迅速摘下挂在腰上的小笤帚给小白马刷了起来……

可是，他突然发现，他的笤帚挨近小白马，小白马就不安地使劲儿摇头，并且躲避着小笤帚。可是，杨三不能眼看着它的眼睛被迷，就拼命去给小白马扫，可是，他越扫小白马越躲，而且越来越没有精神，最后，只见小白马眼皮一耷拉，歪斜起来，有点站不住的样子啦！

作为头马，小白马一停下来，整个马群立刻乱了套。骑手们也慌忙地打扫石灰，有的举刀前行，但被前边的马队挡住了路，真是一片混乱。而就在这时，图利诺仰天狂笑起来，他高呼一声："哥萨克们！冲上去。给我狠狠地杀。但那匹小白马，一定要抓活的……"

这时节，俄兵向杨三、小白马和马队包围上来。

这边出现的情况，让天照应惊愕了，他命令刀手和炮手集中火力，把芝加哥火车头击沉，以分散俄兵的注意力，全力救助杨三。

杨三被困的情况始终被一个人注意在眼里，这就是朱吉。原来，自从朱吉在送给杨三那把"鹿脸"小笤帚时，他忘记把另一把解"醉马草"的小笤帚交给杨三，他本来是想得到小白马，让死去的滚地雷大柜瞑目，可总不能自己得不到还让俄国人弄到手啊。

当时，他正在工地上用大板车运枕木，一看杨三马队瘫痪，他立刻扔下手里的活，拼命冒着枪林弹雨向杨三和小白马跑去，嘴里一边大声喊着："杨三！你等等我！我来啦！"

他拼命跑着，渐渐靠近了杨三的马队。

当他跑到杨三跟前，那小白马已奄奄一息了！

朱吉来不及解释，他急忙从腰上摘下自己的这把小笤帚去扫小白马的脸、鼻子和口处，并且把自己的悔恨之举告诉了杨三。渐渐地，小白马清醒了。

可是，它清醒后的第一个动作，却是上去一口咬住杨三，往死里咬他，咬得他浑身是血。因为这时，杨三已从朱吉口中得知了一切事情的经过！这不正等于是自己害了自己亲爱的小白马吗？杨三肠子都悔青了！而小白马咬一口，叫一声，仿佛在说，主人哪！你咋这么粗心大意？你咋这么干哪？你呀……

于是，任凭小白马咬他，杨三不还手，而且紧紧抱住小白马的头，流下了后悔的泪水，并哭喊着："小白马，你咬我吧！咬吧……"而小白马，这时也不咬他了。小白马接着给他舔着身上、脸上的血，小白马也流下了大颗的泪花……

可是，就在这时，突然，咣的一声，一颗炮弹飞了过来，正从小白马的肚子上穿了过去，小白马的肠子立刻流了出来，它躺在了地上。

俄军枪手先前本来是奔杨三的马队而来，但那时天照应的人马已拼命向火车头方向攻击，还有"吃路饭"的一些工友，包括赵刚他们，一看俄军已不太注意这边，便一起掀翻了枕木上的支架，只听"轰隆——"一声，那辆从万里之外费尽周折而运来的火车头，一下子滚落到大桥下边那深深的拉林河里去了。沉重的机车坠河激起的烂泥、浑水一下子溅起半天高，遮住了天上昏黄的太阳……

听到这轰隆巨响，俄人才看清，他们力保的、又拼命炫耀的芝加哥火车头已如石沉大海，他们一个个跺脚发怒，罗尔夫一个嘴巴将阿列克塞耶夫打倒在地，又一脚把他踹到拉林河里去了。随后，罗尔夫命令所有枪手，火炮一齐向四面八方狂射，拉林河工地成为一片火海。

这次激战一直进行到黄昏。由于俄人兵多，枪炮好，天照应和绺子的五百弟兄全部阵亡，小香阵亡，杨三负了重伤，多亏了朱吉赶来拉来一辆大平板车，把受伤的小白马和杨三抬到车上，拖了出来。

拉林河工地已彻底瘫痪了，俄人恨恨地带兵撤回哈尔滨去了。整个旷野，尸横遍地，太阳落山之后，一片凄凉景象。后来听说，罗尔夫回到彼得堡就被撤职了，图利诺被绞死了。而拉林河段，从此荒凉起来。

那天夜里，朱吉拖着木板车走出古战场、死人堆。他向前拉着，车上是奄奄一息的马和伤痕累累的杨三。

可是，上哪里去呢？

杨三说，还是回老家九台其塔木吧。

车上，在寒冷的秋夜里，秋风呼呼地刮着，杨三抱着小白马的头，低声地哭泣着。他说："小白马呀，我的好伙计！都是我不好，害了你呀！"

那时小白马已没有力量去呶呶地叫了。它睁开眼睛，一串儿大大的泪水流了下来，落在杨三的脸上，也永远流淌在他心里头。

杨三搂着小白马的头，哭泣着唱道：

> 正月里，正月正，
> 杨三扛活上了工。
> 进门先挑两缸水呀，
> 吃完早饭扫马棚啦吧嗯哎哟。
>
> 二月里，到惊蛰，
> 我拉小马到草坡。
> 青草遍地起呀，
> 小马乐呵呵啦吧嗯哎哟。
>
> 三月里，是清明，
> 关东起了沙俄兵。
> 我和小马去送粮呀，
> 马儿累了我心疼啦吧嗯哎哟。
>
> 四月里，到十八，
> 我和马儿快出发。

抢来财宝送乡亲呀，

地主老财干抓瞎啦吧嗯哎哟。

五月里，是端阳，

我落敌手你断肠。

三番五次来救我呀，

吓得坏人四处藏啦吧嗯哎哟。

六月里，数三伏，

天长夜短日头毒。

几月不见你的面，

你我心中都在哭啦吧嗯哎哟

七月里，七月七，

天上牛郎会织女。

神仙都有团圆日呀，

咱们何时能团聚啦吧嗯哎哟。

八月里，月儿圆，

西瓜月饼敬老天。

多亏江湖来营救呀，

咱们终究又团圆啦吧嗯哎哟。

九月里，立了秋，

俄人铁路要开修。

不能让他好好走呀，

咱们去把款车偷啦吧嗯哎哟。

十月里，十月一，

关东寒风吹大地。

都怨我粗心又大意，

害了我的好伙计啦吧嗯哎哟。

十二月，整一年，

一年又一年。

千年悔万年怨呀，

在杨三心间没个完啦吧嗯哎哟……

　　回到九台其塔木半年之后，小白马死了，杨三专门为小白马修了一座坟。杨三活到七十二岁老死了，他死后，根据他的嘱咐，人们把他和小白马埋在了一起，并起名"快马杨三之墓"。这个地方就是今天的其塔木高家窝棚屯。后来，1966年红卫兵把"快马杨三"的墓给挖了。据说里边没有马骨，也没有杨三，只有一把杨三用过的片刀。杨三呢？小白马呢？不得而知。再后来，也就只剩下这个长白山奇马的传说啦。